愛のアルバム

シャーロット・ラム
常藤可子 訳

ハーレクイン
SP文庫

DARKNESS OF THE HEART

by Charlotte Lamb

Published by Harlequin Japan,
a Division of K.K. HarperCollins Japan, 2025

シャーロット・ラム

第 2 次大戦中にロンドンで生まれ、結婚後はイギリス本土から 100 キロ離れたマン島で暮らす。大の子供好きで、5 人の子供を育てた。ジャーナリストである夫の強いすすめによって執筆活動に入った。2000 年秋、ファンに惜しまれつつこの世を去った。ハーレクイン・ロマンスやハーレクイン・イマージュなどで刊行された彼女の作品は 100 冊以上にのぼる。

◆主要登場人物

ニコル・ロートン……………保険調査員。
サム……………………………ニコルの上司。
フレーザー・ホルト…………作家。元新聞記者。
メラニー・ヒートン…………フレーザーの亡き妻。
ベビス・ヒートン……………メラニーの兄。
イレーナ・ブルラミス………ミコノス島のホテルの主。
パブロス・ブルラミス………イレーナの夫。漁師。
ヨルゴス・ブルラミス………パブロスの弟。
ウィリアム・オールドフィールド……ミコノス島在住のイギリス人。

1

突風やらにわか雨を引き連れてライオンのようにやってきた三月も、まもなくロンドンの町を通り過ぎようとしている。そんなひんやりとした春の一夜、映画館を出たニコル・ロートンは足早に家路をたどり始めた。いつのまにか雲は切れ、雨は上がっている。しかしあいかわらずの強い風に、ニコルのブロンドの髪は激しく乱れた。

「ねえ、ちょっときみ、乗っていかない？」通りすがりの男がスピードをゆるめた車の窓からあつかましく声を掛けてきた。

「さっさと行きなさい！」ニコルは見向きもしない。男はさらにしばらく追いかけてきたが、ニコルに完全に無視されるとすごすごと走り去った。ニコルはえんじ色の革のコートのポケットに手を突っ込むと先を急いだ。明日こそボスのサムに掛け合って、延び延びになっている休暇をなんとかして取らなくちゃ！　サムは渋い顔をするに違いない。いつだってそうだ。しかし、比較的ひまな今を逃したら、休暇は何カ月も先までおあずけになってしまう。

角を曲がったニコルは、はっとして思わず立ち止まった。少し先の舗道の上で、数人の人影が上になったり下になったりしてもみ合っている！　じっと目を凝らすとひとりの男がふたり連れの男たちからなぐる蹴《け》るの暴行を受けている。ふと気がつくとニコルは夢中で駆けだしていた。舗道にニコルの靴音が響いた。

「助けてくれ！　は、早く……」被害者の男は哀願するようにニコルを見た。

「お嬢さん、こんなやつの言うことなんか聞かないで、さっさと家へ帰ったほうが身のためだよ」片方の若者が肩ごしににやりと笑いながら言った。すると、今までなぐるのに忙しかった相棒も声を立てて笑うとニコルの方を振り向いた。その瞬間、ニコルの手が空を切って、電光石火、彼の首をま横から直撃していた。若者は呻《うめ》き声すらあげず地面にばったりと倒れ込んだ。

「うわあ、参ったぜ！」もう一方の若者はあんぐりと口を開けたまま、そばにとめてあったバイクにそそくさと飛び乗った。まもなく地面にだらしなく伸びていた相棒も情けない声で文句を言いながら後ろの席にまたがると、バイクはよろよろと走り去った。

「大丈夫ですか？」ニコルはふたりの姿が消えたのを見届けてから被害者に声を掛けた。

「おかげでなんとか……」その男は門柱にもたれながらみぞおちのあたりに手を当てたまま答えた。息づかいが荒い。顔は影になって見えない。「それにしても、みごとな一撃。初めてでしたよ、あんなにすごいの。ところであれはなんですか？　柔道？」

「ほんの護身術ですわ」

「いや、たいしたもんだ。危なくやつらにばらばらにされるところでしたよ」男は痛そうに顔をしかめた。

「警察を呼ばないと」ニコルは風で乱れた髪をかき上げながら言った。

「いや、その必要はない。たいしたけがじゃないし、何もとられたわけでもないから」男はあわてたようにニコルを制した。一瞬目が光って、その後におどおどした色が浮かんだのをニコルは見逃さなかった。

「それではあなたのお好きなように。でも明日になったら病院には行ったほうがいいわ。あのなぐられようじゃ内出血しているかもしれないもの」ニコルはそう忠告するとくるりと背を向けて歩きだそうとした。

「ちょっと待ってくれよ。まだお礼がすんでない。よかったら、一杯ごちそうさせてくれませんか？　きゅっと一杯やりたいんだが」男はニコルの腕をつかんだ。

「ご遠慮します。私、お酒はあまり飲みませんの。ではこれで、おやすみなさい」ニコルはそう言ってほほ笑むと再び男に背を向けた。

「やっぱりそうだ。どこかで見た顔だと思ったよ。ニコル、ニコル・ロートンだろう？」男は急に大声で言った。そしていぶかしげなニコルのグリーンの瞳をよそにさらに言葉を続けた。「なんという奇遇だ。すっかり変わってるけど、まちがいない。ニコルだ。その笑顔で思い出したんだ。ぼくのことを忘れてしまったかい？　ベビス、ベビス・ヒートンだよ。覚えてるだろう？　しょっちゅうぼくの家に来てたじゃないか。きみとメラニーは幼稚園から大の仲よしだった。きみはあのころ長い髪だった……今でもはっきり覚えてるよ。みごとなブロンドだった。まっすぐ後ろに垂らしていて、座るとお尻の下に敷いてしまうほどだったよね」

「まあ、よく覚えてること」ニコルは手をポケットに入れながらクールに言った。

「まったく、久しぶりだね……。あれはたしかメラニーの十八歳のバースデーパーティのときだ。ちょうど大学から戻ってきてたぼくが庭できみにキスをしたら、すぐさまぴしゃりとたたかれたっけ」

「覚えていてもらってうれしいわ」ニコルは笑いだしたベビスを皮肉っぽく見やった。

「あのころのことはみんなよく覚えてるよ……」ベビスの細い顔に急に憂いの表情が浮かんだ。「何もかも変わってしまって……あの夢のような時代にはもう二度と戻れないんだね」冷たい夜空を見上げたベビスの口からため息がもれた。

ニコルは記憶をさかのぼって少年時代のベビスを思い浮かべた。ひょろりと背の高いひょうきんな少年だった。しかしときどき見せたあのばか騒ぎは、今思えば神経過敏な性格の裏返しだったのではなかったろうか。時としてすぐに感情をむき出しにするタイプで、自分の気持をコントロールする力に欠けていた。

「さあ、ニコル、ぼくの家で一緒に一杯やろうじゃないか。後で家まで送るから」ベビスが急に元気に言った。

「せっかくだけど、ごめんなさい。明日仕事が忙しいの。ベビス、会えてよかったわ。でもそろそろ帰らないと……」ニコルはていねいに断った。

「そう。それなら明日の晩、一緒に食事はどう？　いいだろう？　せっかくこうして久しぶりに会えたんだ、これだけじゃあじけないよ。ふたりでゆっくりメラニーのことを話したいんだ」ベビスは暗い顔でまたため息をついた。「いまだに信じられない気持だよ。電話のベルが鳴ったりするとメラニーじゃないかと思ったりしてね……。おかしいのは百も承知だよ。しかしね、こんなもんなんじゃないかい、誰だってあんなことになったら……」

「ちょっと待って、いったいなんの話？」ニコルは眉を曇らすとベビスの顔をうかがった。

「メラニーのことさ」ベビスは一瞬宙をにらむとニコルを見た。その表情にははっとさせるものがあった。

「メラニーのことって？」小声できき返したニコルにベビスはゆっくりとうなずいてみせた。

「てっきり知ってるとばかり思ってたよ。もう二年も前の話だ……」

「亡くなったの？」答えは聞かなくても察しはついた。しかしニコルははっきりと答えを聞かないかぎりとても信じられない気持だった。あんなにいつもはつらつとしていた人が、いったいどうして……？　無邪気で、そしてわがままを平気で押し通していたあのメラニーがなぜ死んだりしたのだろう。ハート形をした小さな顔の明るい表情や、急に笑いだしたときの声が、ニコルの心に鮮明によみがえってきた。

「大丈夫かい？　顔がまっ青だ。ショックなのも無理はない。ぼくだって初めて知らされたときにはとうてい信じられなかった。何かのまちがいじゃないか、人違いじゃないかって何度も何度も思ったよ」門柱にもたれたニコルにベビスはためらいがちに腕を回した。

ベビスは二つ違いの妹のメラニーをとてもかわいがっていた。幼くして母親を亡くして以来、ベビスはみずから妹の保護者を任じているようなところがあった。裕福な家庭ではあっても多忙な父親にはふたりの子供と過ごす時間がなかった。

「さあ、ニコル、中へはいって、一杯やろうよ。どう見たって酒が必要な顔色だよ。それにぼくも飲みたいんだ」ベビスはニコルを促した。さすがのニコルも今度ばかりは断る気力がわかなかった。聞いたばかりの悲報に心の整理がつかないまま、ニコルはベビスについて玄関に続く小道をたどった。

通された部屋には濃いブルーのカーペットがしかれ、石のような色をしたカウチと、対になったひじ掛けいすが置かれていた。シャンパン色の壁紙には花と鳥がピンクとブルーで描かれていて、部屋全体がオリエンタル調でまとめられている。ベビスはカウチの横のサテンウッドの上等なテーブルの上からウィスキーを取って二つのグラスに注いだ。「ニコル、さあ座って。今暖房を入れてくるから。今夜はずいぶん冷えるね」ベビスは静かに言った。

黙ってカウチに腰を下ろすと、足からすうっと力が抜けていくような感じがした。おまけに寒くてしかたない。ベビスは脱いだコートをいすに掛けると暖炉のまきの形をしたヒーターのスイッチを入れた。そしてニコルのところへ戻ってくるとウィスキーを一気にあおった。

ゆっくりとウィスキーをすするニコルの胸中はショックで波打っていた。ききたいことは山ほどあるのだが、うまく言葉にならない。しかしニコルはついに思い切ると「メラニーがどうして……? 病気だったの?」と尋ねた。

じっとグラスの中をのぞき込んでいたベビスがニコルの声にはっとしたように顔を上げた。暗い目だ。「溺死《できし》さ」ベビスはぶっきらぼうに答えた。

「えっ、溺死ですって?」脳裏にその情景が浮かんでニコルは思わず身をすくませた。ベビスがじっとこちらを見つめているのがわかる。ニコルはウィスキーを口に含んだ。ベビスは卵形の顔をふわりと包んでいるニコルの美しい髪に見入っている。ショートヘアのおかげで、長いまつげをしたグリーンの謎《なぞ》めいた目や、手を触れたらこわれてしまいそうなデリケートな頬や額が存分に引き立っている。しかも同時に高い鼻や、大きくてきりっとした口もとからあごにかけてのクールできつい印象が和らいで見える。

「すっかり美しくなっちゃって……」

「ありがとう」ニコルはていねいにほほ笑み返した。

「ぼくの覚えてるきみは、いつもショートパンツから細くて長い足を出して子馬のように跳びはねていた」

「夏の間だけだったわ」

「そうだったかい？　なんだかいつも夏だったような気がするよ。冬のことなんか何も思い出さない」

「ところで、どんなだったの？」ニコルが唐突に話を遮ると、ベビスは顔をゆがめた。

「メラニーは学校時代、クラスで一番泳ぎがうまかったのに……何か無謀なことでも？」

目立ちたがり屋のメラニーのことだ。そんなこともあながちないとは言えない。飛び込み台のてっぺんから得意そうにダイブしてみせたり、海へ行ったときなどは、ほかの誰よりも遠くの沖まで泳いでみせたメラニーだった。何ごとにつけ、他人《ひと》より勝っていなければ気のすまないところが多分にあった。

「そう、そこだよ。最初に聞かされたとき、ぼくもきみとまったく同じことを尋ねた」ベビスは頬を紅潮させると勢い込んで言った。目は赤く充血している。「そんなばかな話があるもんか。きいてみると、メラニーの亡くなった夜、海は鏡のように静かだったそうだ。

それに風一つなく寝苦しいくらいの気温だったそうだよ。やつらときたらビーチで寝ていたメラニーがあまりの暑さに体を冷やしに海にはいって、痙攣《けいれん》を起こしたに違いないなどと、たわけたことを言いやがった。そんなこと断じてあるものか！」ベビスは怒りを爆発させるとじっとニコルを見つめた。

「いったいどこでの話？」

「ギリシャさ」

「ギリシャ？」少々意外に思いながらニコルはベビスの顔をまじまじとながめた。深い悲しみの跡がくっきりと刻まれている。仲よしで双子のようにいつも一緒にいた妹を亡くしたベビスにしてみればあたりまえのことかもしれない。「いったいギリシャなんかで何をしていたの？」

「住んでたんだよ、ギリシャに」ベビスはそう答えるとほとんど手つかずのニコルのグラスをちらりと見ながら自分のグラスにウィスキーを満たした。「そう言えば、ニコル、きみはメラニーの結婚式に出てくれたっけ？」

「いいえ」ニコルはうつむいてそっけなく答えた。

「メラニーはフレーザー・ホルトと結婚したんだ。結婚当時彼は新聞記者だったんだが、書いた本がベストセラーになってね。作家活動に専念するようになった。書く本が次から次へとよく売れて、やつはメラニーをギリシャへ連れていってしまったんだ。しかもちっぽけな島にだ。メラニーにしてみれば迷惑な話さ。寂しい暮らしをいちばん嫌ってたのに」ベビスの横顔に暖炉の火が映って、より鮮明に苦悩の跡が浮かび上がって見えた。

「でもメラニーは彼と一緒だったんですもの、愛するご主人と……」ニコルはグラスを握りしめるとぽつりとつぶやいた。「ふたりは幸せだったんでしょう?」乾いたのどにウィスキーを流し込むとベビスを見上げた。

ベビスは声を立てて笑った。しかし声は引きつり、口もともこわばっていた。ニコルにはそんなベビスの胸中が計りかねた。「二、三言えることは……」ベビスはそう言いかけて口をつぐんだ。「やめておこう、口止めされているんだよ」

「口止めですって? いったい誰に、何を口止めされてるの?」鋭くきくと、ニコルはベビスの顔色をうかがった。心の葛藤《かっとう》が伝わってくるようだ。

しかし、ついにベビスは覚悟を決めたように口を開くと、長い間心にわだかまってきたことを吐き出すかのように話しだした。「すべてが秘密のうちに処理されてしまっていて、ぼくには全部がうそっぱちだということが立証できない。試してはみたが、証人はやつにひとり残らず買収されてしまっていた。そうでない人たちだってやつを怖がって何も話してはくれなかった。ニコル、きみはやつに会ったことがあるかい? あっ、そうだったね、会ってるよね、もちろん。ごめんごめん、すっかり混乱してしまって」ベビスはすまなそうに言った。

ニコルは答えなかった。フレーザーの思い出はニコルの胸に今も強烈に焼きついている。ベビスになどフレーザーのことを話したくなかった。もっとも話したところで、今のベビスの耳にはいらないだろう。

「やつは嫉妬《しっと》深かった。会う男みんながメラニーに惹《ひ》かれてしまうんだから、それも無理はないが……。覚えているだろう？　あのころのメラニーがどんなに美しかったか」

「ええ、はっきりと」ニコルはそっけなく笑った。

「美しかったよ、本当に。男という男がひとり残らずメラニーをひと目見るなりぼうっとなってしまって。ぼくにはそれがおかしくてしかたなかった。だがフレーザー・ホルトはそれを苦々しく思ってたんだ。やつはメラニーをひとり占めしたかったんだよ」ベビスはさも憎らしそうに言った。

ニコルの心に最後のひと言がぐさりと突き刺さった。ニコルはベビスに心の内を悟られまいとしてウィスキーに手を伸ばした。顔が心なしか青白く見える。

「だからメラニーをあんなギリシャの島なんかへ連れていったんだ。やつはいいよ、一日じゅう書きものをしてるんだから。でもメラニーにはかもめをながめるか日光浴が関の山だ。観光客がやってくる夏はまだしも、冬は退屈そのものの島だ。メラニーがだんだんおかしくなったのもぼくに言わせりゃ当然だ。しかも、メラニーがイギリスに帰りたいと言ったら、ホルトのやつ、そんなことをしたら殺してやるって言ったそうだ」ベビスはいつしか涙声になっていた。「そのときぼくはどうせそんなのは口だけだから、ホルトにかまわず帰ってこいと言ってやった。……そしてその二カ月後だ、メラニーが死んだのは」激高したベビスを、ニコルは暗い目で追った。「アテネの私立探偵を雇って現場まで真相を調べに行かせたんだ。しかし報告書を一回送ってきた後に、突然、これ以上は勘弁してくれと電報をよこしやがった。死因はあくまでも溺死で、不審な点などないって言い張るんだ」

「あなたは行ってみなかったの？」

「葬儀のときに行ったよ」振り返ったベビスの顔に落ち着きが戻っていた。「しかし、土地の人は誰ひとりとしてぼくに口をきいてくれなかった、英語を話せないふりをしてね。警察だって同情はしてくれたが、事故死なんかじゃないと主張したら、悲しみのせいでぼくが常軌を逸していると言い出すしまつさ」ベビスは悔しそうにこぶしを握りしめた。

ニコルは黙ってうなずいた。しかし、もし自分も警察の立場にたてば同じ判断を下したに違いない。猜疑心《さいぎ》に凝り固まったベビスの表情を見れば誰だって彼の主張など受け入れる気にはならないだろう。

「ホルトのやつ、ぼくが探偵を送ったのを知ると、時間と金のむだだからよしたほうがいいと、わざわざ言ってよこしやがった。何一つ見つかりっこないってね。ニコル、よく注意して聞いて欲しいんだが、ぼくがまちがっているとは言ってこなかったんだ。ただ、ぼくを近づかせないための警告なんだよ。これ以上過去のことをほじくり返すとぼく自身の身の破滅だとさ。だからもういいかげんにメラニーの死を素直に認めろという論法さ。やつめ、隠そうともせず堂々とぼくを脅してきやがった。やつが妹を殺《や》ったんだ！」ベビスはらんぼうに言った。

「それで、アテネの探偵社は信用できるところだったの？　もしかすると私の知っているところかもしれないわ」ニコルの問いにベビスは一瞬ぽかんとしていたがやがて肩をすくめるとうなずいてみせた。

「ニコル、きみはいったいどんな仕事をしてるんだい？　結婚はしていないんだね？」ニコルの指をちらりと見ながらベビスは言った。

「ええ、結婚はしてないわ。私、保険の仕事をしているのよ」

「ふうん。そうなのか」ベビスは感心したようにニコルを見た。

「いやだわ、そう言うとみんなしらけちゃうんだから」ニコルはグリーンの瞳をいたずらっぽく輝かして笑った。

「そうかもしれないな。でも給料は、いいんだろう？」

「ええ。お給料はね」

ベビスがまたとりつかれたように話し始めた。「きみにはぼくの気持がわかるだろう？　きみとメラニーは親友だったんだから。いつだって何をするのも一緒だったじゃないか」

「ええ、お互いにいい友だちだったわ、メラニーが結婚するまではね」ニコルはおもむろに立ち上がった。「そろそろ帰らないと。とっくに一時を過ぎているし、私、疲れているの。メラニーのこと、なんて言ったらいいのか……本当にお気の毒で……」ニコルはベビスに手を差し出した。

「どうしても帰るのかい？」ベビスはニコルの手を握りながら、なおも引き止めようとした。

「ええ、もう帰って寝ないと……」

「そうだ、きみにまだお礼を言ってなかった。ニコル、きみのおかげで命拾いしたよ、ありがとう」

「そんなこと！　大げさね。あの人たちは殺したりするつもりはなかったと思うわ。ねえ、ベビス、あなたはあの人たちを知ってるの？」

「ああ、い、いや、知ってるわけがないだろう」ベビスは口では否定してみせたが、おどおどした目つきや声から察してうそであることは明らかだった。

「もし知っているなら早く警察に届けたほうがいいわ」

「ただのたかりさ。近ごろじゃ、ロンドンでもこんなことが日常茶飯事になってしまった。昔と違って今じゃ安心して道も歩けやしない。特にこのあたりじゃね。ニコル、きみの住まいはこの近く？」

「ええ、アーミン・ストリート。七番地のフラットの一階よ」ニコルはそう答えるとドアの方へ歩き始めた。

「本当にありがとう。ぼくも柔道を習ったほうがよさそうだ」後からぴったりとついてくるとベビスはニコルの腕に手を置いた。

「そのとおりだわ。いつ必要になるかわからないもの」ニコルは相づちを打った。

「それにしても、きみみたいな美人をひとりで帰すのは心配だ。やつらがねらってくるかもしれない」

「大丈夫よ。あなたと違って、私は鍛えてあるわ。それでは、おやすみなさい」ニコルは落ち着きはらってドアを開けた。

「ねえ、ニコル、近いうちに食事に行かない？　こうして出会ったんだ、ゆっくりと昔話をしようよ」

「そうね、そのうちに。二、三週間休暇で留守になるけど、電話してちょうだい。番号は電話帳に出ているわ」ニコルはにこやかに答えた。しかし、それはうそだった。電話帳には載せてない。ベビスとはよけいなかかわりを持ちたくなかった。それに第一、昔話などしたくもない。ニコルはベビスの視線を感じながらゆっくり歩きだすと、軽く手を振って、夜の闇《やみ》の中を帰っていった。

自分のフラットまではものの五分とかからなかった。道々ニコルの頭を占めていたのはメラニーのことではなく、むしろベビスのほうだった。ニコルの勘でいくと、どうもベビスには警察に届け出るとまずい事情がありそうだ。おそらくあのふたりとは顔見知りで、襲われることを予期していたふしがある。どんな事情かはわからないが、いずれにせよベビスがうそをついていることだけは明らかだった。ニコルの胸の中に好奇心がむくむくと頭をもたげてきた。

寝静まった近所に気を配りながらニコルはそっと自分のフラットへはいると、居間の明かりをつけた。体は綿のように疲れているのに、どうしたわけか頭が冴《さ》えきってすぐには眠れそうもない。シャワーでも浴びよう。ニコルはバスルームに行き服を脱ぎ捨てた。冷えた肌に温かいシャワーが心地よい。目を閉じて石けんの泡を洗い流していると、ふとニコルの脳裏をかすめるものがあった。浅黒い肌、男らしいきりっとした顔立ち。ニコルはあわてて目を開けてシャワールームを飛び出した。熱いものが体の中を駆け抜けていく。ニコルはタオル地のローブにらんぼうに手を通すと、細いウエストでひもをぎゅっと結んだ。湯気で曇った鏡にぼんやりとした自分の顔が映っている。

ニコルは台所で熱いココアを飲むと、さらに冷たい水でアスピリンを飲み、ベッドにもぐり込んだ。頭がずきずきする。風邪でもひいたら大変だ。しいんと静まり返った闇の中でかえって目が冴えてなかなか寝つかれなかった。〝やつが妹を殺ったんだ〟ベビスの恐ろしい言葉がいつまでも耳について離れない。暗闇の中に、ベビスの怒った瞳がブルーの炎のように浮かび上がってきた。

ベビスの話にも一理あった。フレーザー・ホルトがメラニーを殺しかねない状況は容易に想像できる。フレーザーならやりかねないとも言える。細心であると同時に危険も顧みずきわどいことを大胆にやってのける男だからだ。メラニーはそんな危険なにおいに惹きつけられたに違いない。それにしてもあのときの自分はなんとうかつだったことか。フレーザーにすっかり夢中になっていてメラニーが彼にひと目惚《ぼ》れしたことなどこれっぽっちも気づかなかったのだから。メラニーの性格はいやというほど知っていたはずなのに、まったくもってうかつだった。

メラニーは自分以外のことは何も目にはいらない人だった。そんなメラニーに他人の気持を理解しろとは、はなから無理な注文なのかもしれないが、メラニーの失敗はそこにあったような気がする。彼女はフレーザーという人間を理解せずに結婚してしまったのだ。フレーザーのような男にはわがままな妻のおもりなど、とんでもない話だろう。ニコルに対してだってメラニーはまったくと言えるほど無神経だった。フレーザーとの結婚を誇らしげに報告しに来たときだってそうだ。言葉もなく見つめ返しているニコルに、臆面《おくめん》もなく見せたあの笑顔。そして〝結婚式のときにはあなたに介添え役をやって欲しいの〟とこともなげに言ったあの言葉。がまんできずに〝できないわ！〟と思わず声をあげてしまったニコルを見た意外そうな目、そして〝なぜなの？　やってよ、約束していたじゃないの〟とだだをこねたメラニー。その無邪気な抗議にいくらか冷静を取り戻して〝お断りするわ〟とやっとの思いで言ったものの、堪えきれずに手のひらにつめがくい込むほど手を握りしめたのをニコルは今でもはっきりと覚えている。

あの日以来何年かの間に、ニコルは自分をコントロールする術《すべ》を身につけていた。しかし、メラニーの死の知らせはさすがにニコルの心を根底から揺さぶった。たとえメラニーを憎む気持は消えたとしても、死んでしまったことで、ふたりの間の苦い沈黙はこのまま永遠に続くのだ……。

いつのまにかニコルは眠りについた。しかし何度となくメラニーの夢にうなされては目が覚めた。翌朝、目を覚まして鏡をのぞいたときには目の下にうっすらとくまができていた。

九時半にオフィスに出ると、ニコルは何本か電話をすませてからボスのサムの部屋へ行った。「休暇を取らせていただきます」ニコルがそうはっきり宣言すると、本の山に埋《うず》もれ、法律書に見入っていたサムが頭を上げた。案の定、渋い顔だ。

「だめだ、認めるわけにはいかんね。きょうはパーティントン氏と昼食の約束がある。きみに新規の依頼があるそうだ」

「困ります、明日発《た》つんですから」すました顔で言ったものの、考えてみるとサムもずいぶん長いこと休暇を取っていなかった。

「この忙しいときに、いったいきみはどういう神経をしてるのかね」

「忙しくないときなんてないじゃありませんか。もう九カ月も休みを取ってないんですよ！　私、ヨットでセーリングに出るんです」

「ほう、この天候でかい？」サムは窓の外に広がるグレーの空を見上げながら言った。

「国内ではありません。青空と太陽を探しに行くんです。ヨットだってもう二週間分予約しました。それに明日の飛行機だって……」

「パーティントン氏の件はどうするね？」

「待ってもらってください。そうでなければ先に進めててくださいますか？　戻りしだい追いかけますから」ニコルはきっぱり言った。

　サムは両手をはげた頭の後ろに回しながら古びた革のいすの背にずんぐりした体をあずけた。サムの茶色の瞳は時に厳しいことはあっても、ふだんは優しさとちゃめっけにあふれている。頭脳はいつもかみそりのようにシャープで、鋭い直感に狂いはなかった。この事務所を開くまでの十五年間はロンドン警視庁がサムの活躍の舞台だった。ニコルの父親のジョー・ロートンはそのときの同僚で、サムの退職後もふたりはジョーが亡くなるまで親交を続けていた。そんなわけでニコルは子供のときから彼を〝サムおじさん〟と呼んできた。今でこそそう呼びはしないが、この十一年間、サムはニコルにとっては家族同然だった。ニコルが初めてサムのもとで働きたいと言い出したときには一笑に付したサムだったが、ついにはニコルの粘りに負けて承諾してくれた。初めからニコルにはもつれた事件の謎を、こつこつと解き明かしていく自信があった。そして今では八人のスペシャリストに負けず劣らずのサムの優秀な右腕に成長していた。

「いったいどこへ行くつもりなんだい？」

「ギリシャへ」ニコルは答えた。

「島巡りかい？　ニコル、一緒に行った夏のこと、まだ覚えてるかい？」なつかしそうな口ぶりだ。

「ええ」ニコルはにっこりほほ笑み返した。自分にヨットを教えてくれたのはほかならぬこのサムだった。射撃も、フェンシングも、そして乗馬もみんなサムに教わった。子供のころサムと両親とニコルとで過ごしたギリシャのキクラデス諸島での数週間。ニコルにとっては思い出深い休暇の一つだった。どこまでも青い空と海。新鮮な空気。地上のものとは思えないあの日の光、その輝き。神々しい山の頂。白いかもめ。そのすべてが生き生きとした生命に満ちあふれていた。

「よし、わかった。気をつけて行くんだぞ。危ないことはするんじゃないよ。いいね、わかったね？」サムはそう言ってふうっと息を吐いた。

「はい、了解！」ニコルは元気よく答えると、サムの頭のてっぺんにキスをした。

そういう愛情表現が苦手のサムは、照れて姿勢を正すと「さあ行った行った、仕事だ仕事」とニコルを追い出しにかかった。「そうだ、夕方退社するときには忘れずに机の上を片づけて行くんだぞ。きみの留守中、やりかけの仕事が机の上にほったらかしではかなわんからな」サムは顔をしかめてみせた。

「サム、ありがとう！」ニコルはにこにこ顔で席に戻った。

ニコルにとってフレーザー・ホルトの住所を探すことなど造作もないことだった。新聞社の知人に電話をしてから、彼の住所を手にするまで五分とかかりはしなかった。おまけにメラニーの死に関して知りうるすべての情報も入手できた。しかし検討してみると、ベビスの話とたいした差違はない。

「どうしてこんなことを知りたいの？　裏に何かあるの？」知人は首を突っ込んできた。

「ううん。別件を調査してたらたまたまちょっとこの件にぶつかっただけよ」ニコルは用心深く否定した。へたなことを言って名誉毀損《きそん》なんてことになっては一大事だ。フレーザー・ホルトの名前は今では富と名声を併せ持った人物として世間に知れ渡っている。

「もしほかに何か見つかったら知らせてくれる？」

「もちろん。いの一番に知らせるわ。そのうちこっちからもたのむから、そのときはよろしくね」彼女はそう言って電話を切った。

次の日の晩、ニコルはギリシャのピレエフスの近くのホテルの小部屋にいた。開け放した窓からは暖かい空気がはいってくる。窓の下にはミクロリマノ湾が広がり、海岸線に沿ってレストランが並んでいる。レストランの内外《うちそと》は夜更けまで食事を楽しむ人々でにぎわっていた。マンドリンに似たブズーキの調べがどこからともなく聞こえてきて、ニコルの旅情をかき立てた。

ニコルは前の夜、メラニーの夢を見ては何度となく目を覚ました。彼女の死を耳にしたときからニコルの心の中にはいくつかの疑問点が渦巻いていた。そしてそれをどうしても解き明かさずにはいられなかった。

長い間、ニコルはフレーザーとメラニーのことを忘れようとしてきた。過去のことだと自分に言い聞かせては自分をごまかそうとしてきた。そしてふたりにつけられた心の傷も表面だけはいえたように見えていた。ところが、メラニーの死を耳にしたとたん、その古傷がずきずきと痛みだしているのだ。

翌日、ニコルは明け方早々に起き出すと、その一時間後にはもうミコノス島に向かってピレエフスの港を後にしていた。行く手の海面は朝日を受けて鏡のようにきらきらと輝いている。空は穏やかに澄みわたり、雲一つ見えない。忙しくヨットの中を動き回るニコルのブロンドをそよ風が揺さぶっていく。小さな漁船に乗ったふたりの男たちが「おはよう」とニコルにあいさつしてすれ違っていった。ニコルもほほ笑んであいさつを返した。その漁船の後をかもめの群れが追うように飛んでいく。ニコルはかもめたちを目で追いながら、自分の行く手に待っている悲しくて、しかもやっかいなことを思った。やるしかないわ、ニコルの胸に新たなファイトがわいてきた。

のんびりと静かな海を渡ってニコルのヨットがミコノスに近づいたのは日没間際だった。遠目に、消えかかる光の中で輝く白い幾何学的な町並みが見える。三日月形に湾曲した入江に沿って、平らな屋根の小さな家々が軒を並べて、そのすぐ裏手には岩山が空に続いていた。

さらに島に近づくと、少しずつともり始めた家々の明かりが岩山をバックに、あたかも海から浮かび上がった奇妙な形をした生物のように見えてきた。一方、水面に映ったピンクや黄色の光は波が打ち寄せては返すたびにあやしげな雰囲気をかもし出している。

ニコルは小さな港にヨットを入れた。埠頭《ふとう》では二、三人の男たちが立ち話をしている。あたりにはそこここに引き揚げられた網やロープが置かれてあった。ニコルを無表情に見つめる彼らの顔にはくっきりとしわが刻まれ、一様にみごとに日焼けしている。髪は潮風で乱れていた。その話の輪の中から白いシャツと汚れた黒いジーンズ姿の少年が急に抜け出してきて、笑顔でニコルの方に手を差し伸べた。ニコルはその手に向かってとも綱を投げた。すると少年は手慣れたしぐさですばやくヨットをつなぎとめた。

それをじっと見ていた男たちのひとりが手を伸ばすと少年の黒い髪をくしゃくしゃっとなでた。「おい、アドニ、おまえなかなかやるじゃないか」そう言われてアドニと呼ばれた少年は肩をすくめると、けらけらと笑った。

ニコルは荷物をかき集めると埠頭に上がった。すぐに密集した白い家々の方に目が向いた。このくねくね曲がりくねった道のどこかにフレーザーがいるのだろう。明日は彼を見つけ出さなくてはならない。しかし今夜はまずホテルへ行って一日のセーリングで疲れた体を休めよう。太陽と潮風で体がべたべたする。早くシャワーを浴びたい。それにおなかもぺこぺこだった。

「こんばんは、ホテル・デロスはあれ？」ニコルは数メートル先にある建物を見上げながらさっきの少年に尋ねた。

少年はにっこり笑ってうなずくとニコルの手からスーツケースを取った。「どうぞ」英語で言ってから「あなたはイギリス人でしょう？」と念を押した。

ニコルはにっこり笑ってみせた。いったいこの子はいくつだろう。十歳、それとも十一歳ぐらいかしら？　オリーブ色の頬にはわんぱくそうな笑みが浮かんでいる。ちょっぴりそった歯、きらきらとした目。無邪気な面とりこうそうな面とが奇妙に同居している顔だ。

「ぼく英語ができるんです」少年はそう言うと先に立ってニコルを案内した。

埠頭でたむろしていた男たちはニコルのヨットを珍しそうにのぞき込んでいたが、ニコルが少年について歩きだすと、いっせいに振り返ってふたりの姿を目で追った。

「ぼくはアドニ」少年は肩ごしに言った。

「よろしくね、アドニ。私はニコル」快活に言うとニコルは手を差し出した。

アドニは立ち止まってにっと笑った。そしてニコルの手を恭しく握り返した。「許可をもらわないと。こちらです、どうぞ」アドニは再び歩きだした。

「許可って?」ニコルがきょとんとしてきき返すとアドニは少し先の建物を指さしながら言葉を探しているようだった。やがてあきらめたようにニコルのヨットを指さしてから、もう一度さっきの建物を指さした。「とにかく許可がいるんです。ドラクマ紙幣は持っていますか?」アドニはじれったそうだ。

「ああそう、やっとわかったわ。停泊許可ね」ニコルはほっとしたように言った。

うなずくアドニの顔にもやれやれといった表情が浮かんだ。早速アドニについて年老いた役人の前へ出ると、なんとさっきたむろしていた男の中のひとりだった。

アドニがニコルに代わって手早く手続きをすませてくれた。ニコルは愛想よく港の使用料を払うと、再びアドニの後を追った。迷路のような道のそこここにあるカフェにはけばけばしい黄色い明かりがともり、テーブルでは金色やピンクの残照に彩られたうす紫の空を背に、男たちが酒を飲んでいた。

やっとアドニが立ち止まった。「ここがホテル・デロスです」

アドニについてガラスのドアからうす暗いロビーにはいっていくと、受付のデスクの上の淡いランプの明かりが丸く浮かび上がって見えた。そのわきにひとりの女が立っている。さらに彼女の後ろからは黒い瞳をした何人かの子供たちがにこりともせずにこちらを見ている。

アドニが早口なギリシャ語で話しかけると、女はうなずいてデスクの上に大きな宿帳を広げた。「どうぞ、サインを」アドニがニコルに言った。

ニコルが署名をすませ、さらにパスポートを見せると、女は初めてにこりと笑った。アドニもしげしげとニコルのパスポートをのぞいていたが、すぐにニコルの荷物を持って階段を上がり始めた。「どうぞ、こっちです」その声にニコルはアドニの後を追った。

案内されたのは二階の小ぎれいな部屋だった。アドニがベッドのそばのいすにていねいにスーツケースを置くのを見て、ニコルはチップを手渡した。アドニはにこっとするとすばやくお金をしまい込んだ。「私の名前はニコルよ、覚えておいてね」ニコルは笑いながら念を押すように言った。

「じゃあ、また、ニコル」アドニはアメリカ人のように言うとそそくさと姿を消した。さきほどの女が部屋にはいってきておかしそうに笑うとニコルにウィンクしてみせた。大きなクルーズ船による島巡りが始まる観光シーズンにはまだ早いこの時期に客が来たのを喜んでいる様子だ。

「私はイレーナ・ブルラミスといいます。ご用のときはそこの電話でどうぞ」女はなまりのきつい英語で言った。

「ありがとう、イレーナ。早速だけどお夕食は何時？」

「いつでもよろしいですよ」そう言い残してイレーナは下がっていった。ニコルはすぐにシャッターと窓をいっぱいに開けた。暗い通りを見下ろしながら耳を澄ますと、家々の向こうから波の音が聞こえてきた。海に優しく抱かれているような、海辺の町の雰囲気がたまらなく素敵だった。

ニコルは窓辺を離れるとシャワーを浴びた。ぬれた髪を乾かし、シンプルなそでなしのコットンのワンピースに着替えた。窓辺に寄りかかって髪にブラシをかけていると窓の下を行く数人の男たちの姿が見えた。夜風が涼しくて快い。どこかの教会の鐘の音が聞こえる。近くの食堂《タベルナ》からは陽気なブズーキの音楽が鳴りだした。

またひとり、男が角を曲がって歩いていくのが見えた。何げなく見ていたニコルは、急に全身がこわばって、脈も速くなった。浅黒い顔、濃い黒髪、そしてあのすらりとした長身。ぜい肉のない引き締まった体。うす手の白いシャツの下のたくましい肩。開いたえりもとからのぞく力強い首筋。ニコルは思わず目をみはった。ずいぶん変わってはいるが、まちがいなくフレーザーだ……。その横顔には昔のフレーザーにはなかった尊大さがにじんでいた。

あっという間のできごとだった。ニコルの心に刺すような痛みと恐れを残してフレーザーは消えてしまった。果たしてここへ来たのは正しかったのかしら。ニコルは今見たフレーザーの面影を求めるように、向かい側の壁を茫然《ぼうぜん》と見つめながら立ち尽くしていた。

2

しばらくして、ニコルは窓辺を離れると階下《した》へイレーナを捜しに下りた。ニコルを見て子供たちがあわてて姿を消すと、入れ替わりにイレーナが現れた。がっしりした体つき、オリーブ色の肌、そして黒い髪と瞳。イレーナにニコルはにっこりとほほ笑みかけた。

「おなかがおすきで？」ゆっくり話すときの彼女の英語は完全に理解できた。しかし興奮すると、とたんになまりがひどくなるようだ。

「ええ、ぺこぺこよ！」海の空気と久しぶりに体を動かしたせいでニコルはたいそうおなかがすいていた。

「ちょうどこれから食事にするところなんですが、よろしかったら私たちと一緒にいかがですか？　それとも別のお部屋で召し上がりますか？　ほかにお客がないもので……」遠慮がちにイレーナが言った。

「一緒にいただくわ」ニコルが答えるとイレーナはほっとしたようにため息をついた。

小さな居間では子供たちがギリシャ語で何やら話しながらテーブルを囲んでいたが、母親についてはいってきたニコルを見るなり、三人ともぴたりと口を閉ざした。

「どうぞお掛けください」イレーナがテーブルの端の席をニコルに勧めた。

「私、ニコル、よろしくね」ニコルが笑いかけると子供たちは母親の顔を見てから交互に顔を見合わせた。

「この子たちったら、まだ英語ができないものだから」イレーナはおかしそうに言うとひとりずつ紹介した。

「これが長男のスピロ、そして長女のエレナ、そして末っ子のディミトリアスです」とひとりずつ紹介した。子供たちは自分の名前が呼ばれると照れくさそうに会釈した。大皿のスープからはぷうんとおいしそうなレモンとタイムの香りがする。「パンはいかが?」イレーナが柳のかごを差し出した。

「ありがとう」ニコルはこの地方独特の黄色っぽいパンを取りながら、ふとイレーナは未亡人なのかしらと思った。見たところこのホテルには男っけがまったくない。まもなく玉ねぎと唐がらしで調理した地元でとれる赤い魚とフェッタチーズをかけたグリーンサラダが出てきた。実に質素な食事だった。

イレーナがニコルの心中を見抜いたかのように夫のパブロスのことを話し始めた。漁師のパブロスは今漁に出ていて留守だった。「たぶん明日は帰ってきます、というより帰って欲しいわ」イレーナは肩をすくめてくすりと笑った。

「ところで、あなたは英語がおじょうずね。どこで習ったの? ここ、ミコノスで?」

「いいえ、アテネで。結婚する前に大学で少し……。私、考古学者になりたかったんです。でもパブロスに出会って……」イレーナは子供たちを見渡しながら声を立てて笑った。

「それで勉強はおしまいってわけ」陽気な口ぶりからは心残りなどはみじんも感じられなかった。「一緒に考古学をやってたヨルゴス・ブルラミスに誘われてひと夏観光ガイドをしにここへ来て、彼の兄のパブロスに出会って……そして結婚したんです。ギリシャはご存じだとは思うけど、豊かな国ではありませんからね。みんなそうしてお金を稼ぐんですよ。ヨルゴスはいまだに結婚できないでいるわ」イレーナは笑いながらまた肩をすくめた。

「ヨルゴスって人、失恋したの？」ニコルはおもしろ半分で尋ねてみたが、イレーナの顔が一瞬曇ったのを見て、すばやく話題を変えた。「ここでホテルをやっていくには、英語がさぞ役に立ってることでしょうね？　今ミコノスには何人ぐらいイギリス人がいるのかしら？」さわやかなレモンとオリーブオイル味のサラダをおかわりしながらニコルはさりげなくきいた。

「丘の上の新しい別荘にはひとりかふたり。最近新しい家がたくさん建って新顔が増えました」

「ねえ、この島に有名な作家が住んでやしない？」ニコルは一歩踏み込んだ。

食べ物を口に運んでいたイレーナの手が止まった。しかもかすかに震えている。フォークから魚の身がこぼれたのをニコルは見逃さなかった。

「ギリシャ人の作家はおおぜいここにやってきますよ」一瞬の間を置いてイレーナは言った。

「そう？　ここにイギリス人の作家が住んでいるって聞いたんだけど……。アテネでね、その人のことをちょっと耳にしたのよ」ニコルはイレーナの表情をうかがった。フレーザー・ホルトのことを知らないはずはない。このミコノスで人知れずこっそり暮らすには彼は有名すぎるし、ベストセラー作家が隠れて住むにはミコノスはあまりにも小さすぎる。

「いったいアテネで何を聞いてきたんですか？」イレーナのなまりが急にひどくなった。

「その作家ってのは誰なんです？」

「たしか、ホルトっていう名前だったわ」ニコルのグリーンの瞳が鋭く光った。「アテネじゃその人の奥さんのことがうわさになってたけど……殺されたか何かなの？」思い切って水を向けてみたが、意外や意外、イレーナは表情を変えなかった。なぜこうも用心深いのだろう？

「へえ、アテネでね。でもそんなのは無責任なうわさですよ。そんなことより、まあ飲んでください」イレーナはそう言うと銅製のマグにはいった地酒の白ワインを勧めた。

「せっかくだけど、もう十分よ。朝日とともにピレエフスの港を出て一日じゅうヨットの上で太陽を浴びてきたから、もう眠くて目がくっつきそうなの。だいぶ酔いも回ったことだし。このワイン、おいしいけれど、このへんでやめておくわ。この分だと今夜はきっと熟睡できそう」

「それならコーヒーは？　グリークコーヒー、それともインスタントにしますか？」

イレーナが台所へ立つと子供たちがいっせいにいすから下りてテーブルを片づけ始めた。

「グリークコーヒーをいただくわ」ニコルは答えた。

ニコルが手伝おうとすると、子供たちは笑って制した。開け放たれたドアの向こうの暗い路地から土ぼこりと花のにおいが小さな部屋に流れ込んできた。気がつくとやせこけた黒猫がこちらをもの欲しそうに見ている。ニコルはかがみ込むと魚の残りの載った皿を猫の前に置いてやった。猫はぺろりとたいらげると、満足そうにのどを鳴らした。

「甘やかさないでくださいな。ここはそこらじゅう猫だらけなんですから！　ちょっとでも甘い顔をすると、味をしめてしばらく出ていかないんです」戻ってくるなりイレーナがいらいらして言った。

「ごめんなさい。おなかがすいてるみたいだったから」ニコルは素直に謝った。

「埠頭《ふとう》に行けば魚の頭がいくらでも転がってますわ」イレーナはどろどろしたコーヒーをニコルの前に置いた。

甘い液体をすするニコルの耳に、隣の台所から皿を洗う水音や子供たちの笑い声が聞こえてくる。うす暗い暖かい部屋でニコルはますます眠たくなってきた。ふと耳を澄ますと岸に打ち寄せる波の音が聞こえる。どこか近くで低音の男の声がした。部屋へ戻って疲れた体を休めよう。一方でそう思いながらも、もう片方ではこのゆったりとした音の中でもうしばらくうとうとしていたかった。

やがてニコルは重い腰を上げると、階段を上り始めた。筋肉が痛い。無理もない、久方振りのヨットだもの……。部屋へ戻るとニコルはシャワーを浴びてベッドにもぐり込んだ。そしてあっという間に眠りに落ちた。フレーザーのことは明日にして、とりあえず今夜はぐっすり眠りたかった。

しばらくすると突然、ドアのばたんと開く音でニコルは目を覚ました。急に差し込んだ光が寝ぼけまなこにまぶしかった。ニコルは必死で闖入者《ちんにゅうしゃ》に焦点を合わせた。「誰なの？私の部屋になんのご用？」ニコルは身構えながら言った。

しかし一人の男が沈黙したまま、ただじっとニコルを見ている。見つめ返すニコルの体は恐ろしさにこわばっていく。数秒すると、男の正体がわかった――フレーザー・ホルト。彼はすっかり変わってしまっていた。誰にとっても八年は長い歳月だ。とりわけフレーザー・ホルトには激動の八年だったに違いない。にこりともしない顔には冷酷さがにじんでいる。ニコルは動転のあまり、どうするべきかよい考えが浮かばなかった。

「変わったな、ずいぶん。見違えるところだった」フレーザーはニコルの頭の先からシーツで半分隠れた体に目を走らせながらしゃがれ声で言った。

「あなたこそ私の部屋になんのご用？　警察を呼ぶ前にとっとと出ていってちょうだ

い！」ニコルは叫んだ。「十秒以内に出ていかないと……」そう言って受話器を持ち上げたのもつかの間、すばやく駆け寄ってきたフレーザーに手首を押さえられてしまった。

「放して！　私はあなたなんか知らないわ！」上気した顔でニコルはわめいた。

「知らないだと？」フレーザーは言葉を噛《か》み殺すようにつぶやいた。

ニコルはつかまれた手を振りほどいた。騒ぎは起こしたくなかった。のぞき込んだ彼のブルーの瞳もそんなニコルの気持を承知してるかのように見える。「大きな声を出して欲しくないでしょう？」ニコルは片方の眉を上げて言った。

「いいや、いっこうにかまわないよ！」フレーザーは不敵な笑みを浮かべた。

「早く出てって！」ニコルの声のあまりの大きさにフレーザーがたじろいだその瞬間、ニコルの片手がこのときとばかりフレーザーを襲った。しかし、残念なことに一瞬早くフレーザーが身をかわした。

「やれやれ。いったいどこで習ったんだ？　それがレディのすることかね」フレーザーは妙に優しく言った。

「出てって！」技がはずれたうえにあざけるように笑われてニコルは悔しくてたまらなかった。

「そうはいかないさ、ニコル。きみがここで何をしてるのか聞くまではね」

「私、あなたを存じ上げてましたっけ？　どこかでお会いしたことがありまして？」ニコルは目を見開いて驚いたようなふりをした。

「へたな芝居はもうよすんだ。きみがこの島へ来て五分としないうちに、イギリス人のニコル・ロートンというブロンド娘がはるばるアテネからひとりでヨットでやってきたことが伝わってきたよ。同姓同名はいるかもしれないが、ブロンドでヨット好きとくればきみぐらいしかいないだろう?」フレーザーは胸が深く開いたネグリジェ姿のニコルをちらちら見ながら言った。「それはともかく、いったいここへ何しに来たんだ」

「休暇ってところかしらね」

「なんだって? もう一度言ってごらん」脅すような口ぶりだった。

「休暇でギリシャの島を回っているのよ」ニコルはしらばっくれて言った。ベビスが雇った探偵もこういう出迎えを受けてほうほうの体で逃げ帰ったに違いない。

「すっかり変わってしまって……まるで知らない人みたいだな」ニコルを黙って見つめていたフレーザーが唐突に言った。

「知らない人みたい、じゃなくて、あなたは私を知ってなんかいないわ」

「わかった、勝手にしたまえ。きみはギリシャの島巡りの途中たまたまここへ寄った。そうなんだろう?」

「ええそのとおりよ」

「それなら、早くここから出ていくんだ。明日の晩、まだここにいたらこんなものじゃすまないぞ。いいな？」フレーザーはそう言うなりくるりと踵《きびす》を返してドアの方へ歩きだした。

「メラニーは元気にしてる？」ニコルは言葉を投げつけた。

フレーザーはドアに掛けた手を引っ込めるとニコルを見返した。その険悪な目つき……。しかしフレーザーはすぐ「さよなら、ニコル」と言い残すと部屋を出ていった。ドアがばたんと閉まった。

ニコルは再びベッドにもぐり込んだ。脅かせば私がここから出ていくとでも思ったのかしら。それにしてもこんなに早くえさにくいついてこようとは！　これだけでも手ごたえは十分だ。ベビスの話もまんざらうそではなさそうだ。もっともベビスの話を耳にしたときから本能的に感じるものがあったからこそ、はるばるミコノスまで来たのだけれど……。

ニコルは満足げに手足を伸ばした。

たとえ妹は殺害されたのだということがベビスの妄想であるにしろないにしろ、たった一つ明らかな事実がある。それはメラニーにはフレーザーとの生活が楽しくなかったということだ。おそらくフレーザーは自分の思いどおりにメラニーを扱おうとしたのだろう。メラニーの死を聞いて以来、いつしかニコルの胸にはメラニーへの友情が戻ってきていた。長いことメラニーを恨んで、会わずにいたことが悔やまれてならない。たしかにメラニーはわがままいっぱいだったが、それでいてどこか憎めないかわいいところがあった……。

あのことだって、悪いのはメラニーよりフレーザーのほうだったのかもしれない。

メラニーの死にまつわる疑惑はこの手で晴らそう、それが帰らぬ旅に出た友にできる唯一のはなむけなのだ。ベビスの轍《てつ》は踏むまい。まずは島の人たちからさりげなく話を聞いて手がかりを集めてみよう。メラニーは自殺したのかもしれない。生きる力を失ってみずから溺《おぼ》れてしまったのかもしれない。すべてはまだ霧の中だ。しかしなんとしてもこの手でメラニーの死の謎を解き明かしてみせる。ニコルは固く心を決めた。

フレーザーはすでに多くを語ったに等しかった。やましいことがなければ、さっきのようなまねをするはずがない。もし、メラニーの死にフレーザーが絡んでいるとしたら……？　そして謎を解き明かすことがフレーザーに不利な真相をあばくことになったら……？　自分も傷つくだろう。ニコルの心は揺れた。しかし、それでくじけるニコルではなかった。まずはフレーザーを泳がせてみよう。必ず次の手を打ってくるに違いない。その間こちらは高見の見物をしゃれ込むことにしよう。ニコルは覚悟を決めた。

やがてニコルは眠りに落ちた。

3

目が覚めると部屋には朝の光があふれていた。窓の外からは人々の話し声が聞こえてくる。この小さな町が動きだそうとしているところだった。どこからともなくコーヒーと焼きたてのパンの香りが漂ってくる。ニコルはあくびをしながらベッドの中で思いっきり体を伸ばした。疲れもすっかり取れている。寝入りばなにフレーザーや夢に邪魔されたにもかかわらず、熟睡できて、すっきりとした目覚めだった。ちらりと腕時計に目をやると、そろそろ八時。空気はまだひんやりとしているし、向かい側の建物の影が壁に映っているところを見ると、太陽はまださほど高くはなさそうだ。

ニコルはサイドテーブルの方にごろりと転がると、受話器を取ってロンドンを呼んだ。サムに無事ミコノスに着いたことを報告しておかなければ……。きっと心配しているに違いない。しかし、あいにく回線がこんでいてすぐには通じなかった。オペレーターに通じしだい掛け直してもらうことにしてニコルはいったん受話器を置いた。

さてと、きょうは何をして過ごそうかしら……ニコルは両腕を頭の下で組んでスリムな体をゆったりと横たえながら考えた。例のことを調べるにしても、急ぐことはない。とにかく今は休暇中なのだ。

まずはあちこちの店をのぞきながら、のんびりとミコノスを見て回ることにしよう。そしてお昼になったら昨日入港するとき目にはいった海沿いのタベルナの一つにはいってゆっくりと昼食をとることにしよう。経験からいって、ギリシャ料理はおいしいと思う。ことにこのあたりでとれる新鮮な魚介類はこたえられない。

昼食の後はぶらぶら歩いてフレーザーの家を探しに行こう。メラニーのここでの生活を知るためにどこにあるのか知っておきたい。とにかくロンドン恋しさにメラニーが嘆き暮らしていたであろう家をひと目見ておきたかった。都会っ子のメラニーはいなかなど見向きもしない娘だった。だからこそフレーザーに出会ったのはニコルのほうが先だったのだ。

あの夏――ニコルはサムとヨットでスコットランドの西方にあるヘブリディーズ諸島を回っていた。珍しく穏やかなよい天気が数週間も続いて、あの夏のことはいまだに鮮やかな記憶として残っている。サムの航海術は一流で、しかも彼は慎重だった。ニコルがむやみに危険を冒そうとするのをサムは決して見逃さなかった。サムはそうやって、すべてものごとには前もってきちんと計算してから取り組まなくてはいけないことをニコルに教えてくれたのだ。十九歳の血気盛んなニコルに、サムは機会をとらえては噛《か》んで含めるようにしてむこうみずなところを諭してくれた。思えば現在の自分の性格はそうしたサムの影響によるところが大きかった。

サムとニコルがノースモーラーのマレイグに入港したのは夕暮れどきだった。太陽が西の空を赤や金色に染めながらゆっくりと沈み始めていた。港は漁船や同じようなヨットでにぎわっていた。町の裏手はくすんだ赤紫の岩山で、水際に建ち並ぶ白い家々に覆いかぶさるように迫っていた。強い風にさらされた斜面に羊がたった一頭、草をはんでいるのが見えた。

ニコルは漁師たちと話し込んでいるサムを埠頭《ふとう》に残し、ひとりで買い物に出かけた。翌朝の船出に備えて食料を補充しておかなければならなかったからだ。ニコルはパンとチーズ、それに何種類かのフルーツを買い込んだ。ヨットの上では簡単に食べられるものがいい。とは言ってもサムがありあわせのものを全部放《ほう》り込んで作ってくれるシチューの味はなかなかのものだった。

みごとなブロンドの長い髪をなびかせて歩くニコルに男たちが振り返った。日に焼けた素顔のまま、ショートパンツとTシャツ姿でニコルは少年のように歩いていた。風雨にさらされた白塗りの家並み。どの家も激しい風に備えてしっかりとしたつくりになっている。ニコルはグリーンの瞳をきらきらさせながらあたりの景色にすっかり見とれてしまっていて、うっかり人にぶつかってしまった。「すみません。よく前を見ずに歩いていたもので

「……」ニコルは口ごもりながら謝った。ニコルの両肩に手を掛けた男のきりっとしたすばらしい顔立ち。ニコルは思わず息をのんだ。

「まったくだ。いったいきみの目はどこについているんだい？」ひやかすように男は言った。しかもブルーの瞳でまじまじと見つめられて、ニコルはすっかり狼狽《ろうばい》してしまった。

「ヨットで来たんだろう？　さっき港にはいってくるのを見かけたよ。もうひとりはお父さん？　ぼくの目に狂いはないはずだけど」彼はいかにも自信ありげだった。

「いいえ、おじです。もっとも両親とも亡くなってしまったので、父親のようなものですけれど……」ニコルがどぎまぎしながら答えるのを彼は愉快そうに聞いていた。なんでも見透かしてしまいそうな目、そして知的なマスク。こんなに素敵な人がどうして私なんかに興味を持つのかしら？　ニコルはふと気になった。それというのもニコルは日ごろから自分の容姿に不満を抱いていたからだ。メラニーのような女らしい曲線美にあこがれていた。もう十九歳だというのに胸はぺしゃんこで、お尻はまるで男の子のように小さい。ニコルはそんな自分のスタイルが恨めしくてしかたがなかった。

「それじゃ、また後で会おう」彼はそう静かに言うと去っていった。本当に会うつもりで言ったのかしら、それともただのあいさつ？　ニコルにはどちらかわからなかった。

　ところが買い物を全部すませてヨットへ戻ってみると、彼が紅茶のはいったマグを片手にサムと楽しそうに話しているではないか！　おまけにニコルに気づくとにっこり笑いかけてきた。驚きとうれしさでニコルは頬を赤らめた。

「今、フレーザーからきみに衝突された話を聞いていたところだよ」サムが言った。

「まったく、ひどい目に遭ったよ！」フレーザーと名乗った男はからかうように相づちを打った。ニコルはなんだかばかにされたような気がした。

「彼もヨットで島を回っているそうだ」サムはニコルの顔色をうかがうように言った。

「フレーザー、ここの次はどこへ？」

フレーザーが答えると、男たちはヨットの話に再び花を咲かせた。ニコルは買ってきたものをしまいながらふたりの話に耳を澄ました。

「よかったら、今夜の夕食、ご一緒しませんか？　明日からまた二、三日、まともな場所じゃ食べられないでしょうから」フレーザーがそうサムに提案した。が、目はずっとニコルの方に注がれていた。

ニコルは妙にうきうきしてきた。今までボーイフレンドもいなかったし、男性といえば父親とサムしか知らない。一年前、ベビスにキスされそうになったとき、すごい勢いでベビスをはねのけたニコルだった。同じ年ごろの男の子たちは自分に見向きもしないし、もう少し年上の男たちに好意を持たれてもこちらの方からお断りだ。おくてでねんねのニコルにとって、フレーザーは記念すべき男性、初めて自分に興味を示してくれたたまらなく素敵な男性だった。

「ニコル、どうだい？」サムにきかれてニコルはうっとりとうなずいた。どきどきしていて答えが言葉にならなかった。

その晩は夢のような一夜だった。三人は埠頭から歩いてすぐのレストランで食事をすることにした。込み合っていて料理の種類も多くはなかったが、出てきた料理はすべて本格的なスコットランド料理で、味も、そしてサービスも申し分なかった。風と水と闘いながら一日を海の上で過ごし、おなかをすかして戻ってくる人たちにはうってつけの店だった。

食事をすませて埠頭に戻ったときには夜もだいぶ更けていた。ニコルは心ときめいてすっかりいい気分に浸りきっていた。サムは早々にベッドに引き取ったが、ニコルはデッキの上でフレーザーと話し込んでいた。というよりもフレーザーの話にうっとりと耳を傾けていた。政治から始まって本、音楽、ヨットレース、そして外国の話からロンドンの魅力まで、話は次から次へととどまるところを知らなかった。ニコルは夢中で時のたつのも忘れていた。

「おや、もうこんな時間だ。そろそろ行って寝ないといけないな、ニコル。そうしないと明日サムの役に立たないよ」フレーザーは腕時計を見るとすっくと立ち上がった。ニコルはそんなフレーザーを見上げながら、魔法のような一夜が終わってしまうのが残念でしかたがなかった。「それじゃ、また」フレーザーはニコルの唇に軽いキスを残して帰っていった。ニコルは波の音を聞きながらしばらくそのままぼうっと立ち尽くしていた。

翌朝、ニコルがデッキに出てきたときにはフレーザーのヨットはとっくに出航した後で、サムがひとりせっせと出航の準備をしていた。フレーザーにもう会えないと思うと、ニコルはすっかり落ち込んで、楽しみにしていたはずの休暇が急に色あせたものに感じられた。しかし、それはニコルの思い違いにすぎなかった。スカイ島のポートリー港にはいると、なんとフレーザーが埠頭でふたりを出迎えてくれた。急にぱっと明るくなったニコルの顔を、フレーザーはおもしろそうに見ていた。その晩は再び三人で楽しい時を過ごした。翌朝、「じゃあ、またストーノウェーで!」フレーザーはそう言って元気に出港していった。

「彼とは年が離れすぎてるよ、わかっているとは思うがね……」フレーザーを見送るニコルの横顔を心配そうにのぞき込みながらサムが言った。「八歳以上だな、きっと。それに新聞記者というのは概して世の中の裏を知りすぎていて、ひと筋なわではいかないものだ。ニコル、きみが傷つくことにならなきゃいいが……。まあ、いいさ。でも忠告だけはしておくよ、いいね」サムはゆらめく青い海面を黙って見つめているニコルに優しく言うと肩をすくめてため息をもらした。

その二日後、ルイス島のストーノウェーでふたりを出迎えたフレーザーに、片手を上げてあいさつするサムの表情はにこやかだった。ああは言っても、サム自身フレーザーが気に入っているに違いない。気に入らない相手に笑顔を向けるようなサムではなかった。

その夜思わぬことが起きて、ニコルはフレーザーの強い一面をかい間見た。町からの帰り道、ニコルは目の前に偶然現れた黒猫をなでていて、サムとフレーザーに少し遅れてしまった。やがて追いつこうとしたやさき、突然背後から何者かに抱きつかれた。唇を奪われた瞬間ちらりと見た顔はまったくの見ず知らずの男だった。男の息はウィスキーくさかった。ニコルは必死で抵抗したが口をふさがれていては叫びようがなかった。フレーザーはおそらくなんの気なしに振り返って異様な事態を目にしたのだろう。次の瞬間、その酔っぱらいはフレーザーにいやというほどなぐられていた。ニコルは唇をぬぐいながらただ茫然《ぼうぜん》とそれをながめていた。あわててサムが割ってはいったときには男はおびただしい血を流していた。

「フレーザー、さあもうそんなところでいいだろう」サムの言葉でわれに返ってフレーザーを見ると、ものすごい形相であえぐように呼吸をしていた。

「大丈夫かい？」平静を取り戻したフレーザーがニコルを心配してくれた。

その後数週間、しばしば会う機会があっても、フレーザーはニコルにめったにキスしなかった。いつのまにかサムとニコル対フレーザーの楽しいヨットレースが始まっていた。サムは早起きまでして今度こそと打倒フレーザーに闘志を燃やしたが、入港してみると必ずいつも一、二時間の差をつけられていた。フレーザーは八ミリカメラを持ってきていて、ニコルたちやヨットからの美しい景色を撮りまくっていた。

「その八ミリができたら見せてくれないか？　夕食に招待するよ」ついに休暇も終わりと

なった晩、サムはそう言ってフレーザーを誘った。ニコルは息を殺してフレーザーの返事を待った。

「デートみたいですね、まるで」ニコルに向けた目が優しく笑っている。明らかにサムにではなく自分に向けられた言葉だった。ニコルはすっかり有頂天になって、うれしさを隠すこともできなかった。初恋の甘くせつない不安に揺れながらも、ニコルは痛いほどフレーザーにおとめ心を燃やしていたのだった。


突然の電話のベルがニコルを現実に連れ戻した。そうだわ、ホテル・デロスのベッドの上だった。いつのまにか昔の思い出に浸ってしまっていた。ニコルは苦笑しながら受話器を取り上げた。ざわざわと雑音がする。

「もしもし、きみかい、ニコル。どうだい、万事うまくいってるかい?」サムが大声で言うのが聞こえてきた。

「はい。今ミコノス島にいます。アテネからは最高の航海でしたわ。天気はよくて、風があったわりには海は静かで、それはもうすばらしかった」

「そうか。ぼくも一緒に行きたかったよ。それでミコノスにはどのくらいいるつもり?」

「たぶん二、三日」ニコルはあいまいに答えた。サムには本当のことを知らせたくなかった。「仕事のほうはどうですか?」ニコルは話を変えた。

「おかげさまで忙しくさせてもらってるよ！　ぼくのデスクは書類の山さ。しかもてっぺんが見えないぐらいにね」サムはそう言うとニコルが担当している件で二、三質問をしてきた。ニコルはできるだけ簡潔に答えた。ここまで来ても仕事の話とは！　ニコルは思わず眉をしかめた。「電話代が高くつくなあ。会社に請求せんでくれよ」サムは笑って言った。

「帰る日にまた連絡しますわ。サム、あまり無理なさらないでね」ニコルは優しく言った。

「きみもだよ、ニコル。無茶するんじゃないぞ。きみがいなくなると困るんだから」サムはわざとぶっきらぼうに言った。

ニコルはサムにキスを送ると受話器を置いた。おもむろにベッドを抜け出すとニコルは着る服を選んだ。小さな化粧鏡の前を通り過ぎながら、ニコルは自分の姿にはっと足を止めた。われながらずいぶん変わったものだ。フレーザーの言うとおりだった。しかし自分が変わったのはもとはといえばフレーザーのせいにほかならない。

ニコルはメラニーにフレーザーのことを話すつもりなどさらさらなかった。スコットランドからの帰り道、よくよく考えたあげく、黙っていようと決めたのだった。メラニーに対して持った初めての秘密……。しかしいとも簡単にメラニーに感づかれてしまった。うれしさのあまりついにやにやしてメラニーに隙《すき》をつかれてしまったのだ。

「その人結婚してるんじゃない?」メラニーにふいに言われてニコルは急に心がしぼむ思いがした。まさか……。しかしそう言われてみれば確かにあれほど素敵な男性に妻子がいても不思議はなかった。「ねえ、その人に口説かれちゃったの?」メラニーは次々に質問の矢を放ってきた。ニコルはどう答えるべきか迷って、結局だんまりを決め込んだ。勝手に想像させておこう。「ねえ、どっちなの? それともサムに監視されててそれどころじゃなかったの? ベビスだったらそんな邪魔はしなくてよ。邪魔なんかしたらどうなるかちゃんと承知してるもの」メラニーはにやりと笑った。「ねえ、ニコル、その人たしか記者だって言ったわよね? 有名なの? 今度はどこで会おうって言ってた?」そうきかれてニコルはうっかり口をすべらしてフレーザーが八ミリフィルムを持って訪ねてくることをしゃべってしまった。

するとどうだろう、メラニーはニコルに隠れてヘブリディーズでの写真が見たいからぜひ自分にも声を掛けて欲しいとサムにこっそりたのみ込んだのだ。さんざん甘やかされて育ったメラニーの身勝手さを承知していたサムはあいまいな返事しかしなかった。サムは前々からメラニーの家庭環境を憂慮していた。父親は母親を亡くしたベビスとメラニーに大金を与えることはあっても決してふたりに親としての本当の愛情を注ぎはしなかった。さらにメラニーにとって災いだったのは兄ベビスの溺愛《できあい》だった。妹には決して〝ノー〟とは言わない兄だった。その結果が、メラニーを他人を顧みない性格に作り上げたとサムは言っていた。そのときニコルはメラニーをかばってサムに抗議した。「私に対してはそんなことないわ」と。しかしサムの返事は手厳しかった。ニコルがメラニーを大切にしているからメラニーもニコルと仲よくしているだけだと言った。ニコルにはサムの言葉がショックだった。両親亡き後、ニコルには愛する人はサムとメラニーのふたりしかいなかったからだ。サムの言葉は神の言葉にも等しかった。全幅の信頼を寄せているそのサムがメラニーのことを批判したのだ。サムは知らないのよ。昔、学校にはいりたてのころ、はにかみ屋ですぐどもってしまう私をみんなが寄ってたかってからかっていたとき、救ってくれたのはほかならぬメラニーだった。制服にもかかわらずその当時からメラニーにはどこかぴかっと光るものがあって、友だちからも一目置かれる存在だった。そのメラニーがその後もずっと仲よくしてくれている。

メラニーは不幸な人にはとことん優しかったようだ。しかしうかつにもフレーザーの横取り作戦に出たメラニーのいたずら心にニコルは気づかなかった。

ひと月半ほどしてフレーザーからサムにフィルムが仕上がったという電話があった。こともあろうにその場に偶然メラニーが居合わせて、強引に自分も仲間に入れて欲しいとサムにせがんだ。その夜、フレーザーはやってくるなりニコルに優しくキスをした。ニコルはメラニーの視線を意識しながら、わざとゆっくりフレーザーの首に腕を回してキスを返した。ニコルにはフレーザーが自分のものだということを誇示するつもりなどなかった。

ただ単なる知り合いではないということを示したかっただけだった。しかしメラニーの目には見せびらかしに映ったのだ。そして後になってニコルはそのしっぺ返しを受けることになった。

その晩フレーザーはメラニーを見ると、その美しさに目をみはったようだ。ふたりは握手を交わし、メラニーはこぼれんばかりの笑顔で彼に応《こた》えた。しかしフレーザーはメラニーに惹《ひ》かれた様子はなかった。むしろ食事の間ずっとニコルに話しかけてきては仕事のことをきいたり、シニョンに結った髪型をからかったりしていた。やがて八ミリを見終わってメラニーが帰った後もフレーザーは夜中の一時までニコルと話し込んでいた。帰りがけ、フレーザーが映画に誘ってくれた。その晩ニコルはぼうっとして眠れなかった。

翌週、ウェストエンドで映画を見たが、内容はこれっぽっちも記憶になかった。ニコルが覚えていたのはフレーザーと一緒だったということだけだった。映画の帰り、家まで送ってくれたフレーザーの車の中で、ニコルは初めて長い口づけを許した。フレーザーはニコルの美しい髪をほどいて、指で優しくとかすように肩に垂らした。ニコルはうっとりと目を閉じ、彼の首に腕を回すとフレーザーがニコルの服の内側に手をすべり込ませてきた。そして今まで誰にも触れさせたことのない胸にそっと触れた。おののきと喜びでニコルはめまいがしそうだった。「怖い?」震えだしたニコルにフレーザーは優しくきいた。

「い、いいえ」ニコルは不思議な感覚が全身を駆け抜けるのを覚えながらささやくように答えた。このままずっと抱いていて……ニコルは心の中でそう願っていた。しかしフレーザーはゆっくりと体を離すともう遅いからと言ってニコルの服を直した。別れ際、フレーザーはまた週末会ってくれるかと真剣にきいた。ニコルはまるで雲の上を歩く思いで「ええ」と答え、家に戻った。

「女のほうから夢中なそぶりを見せるもんじゃないわ。あなたのこと、適当にあしらってるだけなんじゃない？」翌日、にこにこ顔のニコルにメラニーは当てこするように言った。「フレーザーはそんな人じゃないわ」ニコルは夢中で反論した。心からそう信じていた。

その晩、ニコルはメラニーと一緒にベビスの車でパーティに行くことになっていた。気が進まなかったが、断ればメラニーの機嫌をそこなうのは目に見えていた。渋々服を着替えている最中、階下《した》で電話が鳴った。フレーザーからかもしれない！　急いで階段を下りていったが、すでにメラニーが受話器を取っていた。メラニーは、十五分後に迎えにくるというベビスからの電話だったとニコルに伝えた。

ほどなくベビスがやってきて、ニコルの顔を見るなり「なるほどねえ……」と妙に思わせぶりな顔で言った。その晩のベビスは異常なまでのはしゃぎようで、その高ぶりかたはどうみても常軌を逸していた。まるで、麻薬でも吸ってるみたいだわ……。ニコルはふと不安になった。一方、メラニーのほうもいつものようにおもしろおかしく騒いでいた。そんなふたりを尻目に、ニコルはひとりフレーザーを思って胸を熱くしていた。約束の明日が待ちどおしくてならない。

　翌日の土曜日。ニコルは約束の何時間も前からいそいそとしたくをしてフレーザーの迎えを今か今かと待っていた。ところが、どうしたことか約束の時刻をとうに過ぎてもフレーザーは現れなかった。ニコルはたまりかねて彼のフラットに電話を入れてみたが応答がない。緊急な取材かしら……それとも忙しくて私との約束があったことを忘れてしまったのかしら。事故？　急病かもしれないわ……。ニコルはあれこれ理由を考えては落ち込んだ心を励まそうとした。その晩遅くベッドに引き上げるニコルをサムは顔を曇らしながらそっと見守っていた。そしてニコルを気遣ってひと言も言わなかった。ひとりになったニコルは、がっくりくずおれると声をあげて泣いた。

　次の日もニコルは朝からずっとフレーザーからの連絡を待ち続けた。どうして来なかったのか、その理由なり言いわけなりをききたかった。そして早く次のデートの約束をして欲しかった。しかし一日じゅう待ってもついに電話は鳴らずじまいだった。そうして二週間もするうちにニコルはすっぽかされたことを認めざるを得なくなった。

　ニコルが失意のどん底にいたちょうどその時期、メラニーのほうは学校時代の友だちのいるパリに行って留守だった。うるさくせんさくするメラニーがいないことがニコルにはせめてもの救いのような気がした。そしてメラニーがパリから戻ってくるころにはニコルは少しずつ元気を取り戻し始めていた。

そのときニコルはフレーザーのことを忘れようと努力している最中だった。一方、メラニーは上機嫌だった。口でこそ何も言わないが、どう見ても恋をしているというそぶりだった。ニコルにはメラニーのそんな子供じみた秘密主義がおかしかった。それにあのときのニコルには、新しい恋人の話をあえてきこうとする元気などあるはずもなかった。

二、三カ月後、メラニーが訪ねてくると、突然「私、フレーザーと結婚することになったの」と言った。ニコルは返す言葉もなくまっ青になってその場に立ち尽くしてしまった。

「彼とつきあってたことをもっと早く話すべきだったんだけど、あなたを動揺させたくなくて……。でもニコル、あなたはもうあの人のこと、どうでもいいのでしょう？　このところずっと彼の名前すら口にしなかったもの。私ね、もうあの人に首ったけなの。あのね、あの人ったらね」

「いったいいつからつきあっていたの？」ニコルは嚙みつかんばかりにメラニーの言葉を遮った。

「友だちに会いにパリに行ったの覚えてるでしょう？　あのとき会ったのよ。彼もちょうどパリに取材に来ていて」メラニーはニコルの目をじっと見つめながら言った。その得意げな笑顔。ニコルにはとても正視できなかった。「ねえ、結婚式のとき、私の介添え役になってくれるでしょう？」それは耳を疑うような言葉だった。

「断るわ」ニコルはにべもなく言った。

「あなた、祝福してはくれないの?」帰りがけ、メラニーはそうぽつりとつぶやくように言った。

ニコルは〝ふたりともお幸せに〟と言おうとしたがどうしても言葉にならなかった。本当は正反対のことを願っていたのだ。もしふたりの結婚が不幸なものだったというベビスの話が本当であれば、そのときのニコルの願いのせいだったのかもしれない……。

やがて夜になり、眠る時間をとうに過ぎてもニコルは悔しさのあまり寝つかれなかった。フレーザーとメラニーの仕打ちも仕打ちだが、メラニーへの屈辱感にニコルの胸はいつまでも煮えくり返っていた。やがてこのことが契機となってニコルは心身ともに自分を鍛えることに専念しだしたのだ。もう二度と傷つくのはご免だった。

しかし、それも今では遠い昔の話になってしまった。あれほど憎んだメラニーではあったが、今のニコルにはなつかしく思えてならない。ニコルはいつのまにかメラニーを心から許している自分に気づいた。しかしそれはフレーザーを奪ったメラニーではなく、学校時代、からかわれていた自分をかばってくれたあのメラニー、そしていつも冗談を言ったり仲よく登校したあのメラニーだった。

あのメラニーがもういないなんて……。ニコルの胸に新たな悲しみがこみ上げてきた。

4

シャワーを浴びると、ニコルはベッドに並べておいた淡いブルーのパンツとそでなしの白いシャツを着た。朝食をとりに階下《した》へ行くと受付のデスクで紙きれをのぞき込むように見ているイレーナが目にはいった。「おはよう」ニコルのほうから声を掛けたが顔を上げたイレーナはにこりともしない。それればかりかどことなくおどおどしている。

「おはようございます。こちらに朝食の用意がしてあります。すぐにコーヒーをお持ちします」イレーナは一歩下がると食堂のドアを開けた。

ニコルはうなずきながら小さな部屋へはいった。いったいどうしたのかしら、急によそよそしくなったりして。フレーザー・ホルトのせいかしら……。昨夜フレーザーはイレーナに会ったのかしら? たぶんそうに違いない。そうでなければニコルの部屋の鍵《かぎ》を手に入れられるはずがない。いったいなんと言ってイレーナを承知させたのだろう。ニコルは眉をしかめた。

テーブルの上には食器がセットされ、中央のかごにはロールパンとおとぎ話にでも出てきそうなかわいらしい小さなケーキが盛られていた。ニコルはロールパンにバターとチェリージャムを塗った。ひと口かじったところにイレーナがコーヒーとイギリスの新聞を手にしてはいってきた。

「三日前の新聞ですけど、よろしければどうぞ」そうていねいに言うと新聞とコーヒーポットをテーブルに置いた。

「ありがとう」

「ミルクを入れますか？」

「いえ、ブラックがいいの」ニコルはイレーナに笑いかけると濃いコーヒーを自分でカップに注いだ。

「朝食の後で、ご精算をお願いします」唐突に言い出したイレーナを見上げながらニコルは口に運びかけたカップを置いた。

「私はきょう発《た》つつもりはないわ。予約は二週間のはずよ」

「申しわけありません。ホテルを閉めなくてはならなくなってしまって……。どうぞお引き取りください」イレーナはばつが悪そうに目をそらすとそそくさと食堂から出ていった。

フレーザーに追い出すように言い含められたのだろうか？　ニコルはいらだちながらも悠然と食事をすませた。イレーナもこのホテルもせっかく気に入っていたのに……ニコルは動きたくなかった。

ロビーに行くと待ちかまえていたようにイレーナがぴかぴかのデスクの上にすっと請求書を出した。

ニコルはその手回しのよさにあぜんとするばかりだった。

「これからフレーザー・ホルトに会いに行ってくるわ」ニコルはそれだけ言うと踵《きびす》を返した。背後で引き止めようとする気配を感じたが、すぐにイレーナはあきらめたように手を引っ込めた。ニコルは強い日ざしの中に飛び出した。ホテルの外の通りはくっきりと黒と白とに分かれていた。日の当たるところはまぶしいほど白く、そうでない部分は濃い影になっている。

ここには舗道というものがなく、細い通路が家や店の間を縫うように走っている。くねくねした様子はあたかも夕ベルナから家路をたどる酔っぱらいの足跡がそのまま道になったかのようだ。

ミコノスは小さな島だ。フレーザーの家も簡単に見つかるだろう。白い手織りのウールのショールや革製品、しんちゅうの装飾品などを売る店を一軒一軒のぞきながらニコルはゆっくりと歩いた。ふと気づくとニコルは三十分もたたないうちに同じところをぐるぐる歩いていた。なんということだろう、まるで入り組んだ道に迷い込んだ蟻《あり》のようだ。

太陽がさらに高く昇り、あたりはむせ返るような暑さだった。ニコルは港に面したカフェでひと休みすることにした。渇ききったのどに、しぼりたてのオレンジとレモンに砂糖を加えたジュースがおいしい。ボートの影でペリカンが一羽大きなくちばしをかたかたと鳴らしている。さっきジュースを運んできた若者にお金を払いながらニコルはフレーザーの家への道順を尋ねてみた。彼は黒い瞳でまばたきもせずじっとニコルを見つめていたが、やがてあいまいな方角を指さすとさっさと裏に引っ込んでしまった。

席を立ちながらニコルはうっかり隣のテーブルの客の投げ出した足につまずいてしまった。

「失礼」男が先に謝った。ニコルはきれいな英語に思わずじっと彼の顔を見つめた。「ここへは休暇で?」男は上品にほほ笑みかけてきた。

「ええ。あなたも?」

「いや、ぼくはここに住んでいるんです」

ニコルはとっさにこれは好都合だと思った。きっと自分の知りたい話を耳にしているに違いない。

「住むには絶好の場所ですね。こんなに美しいところはギリシャでもほかにはありませんでしょう?」

「いやまったく、まさにこの島は立体派の芸術ですよ。絵描きには天国です。光線は最高だし、特に春はね。そのかわり冬は頭が吹き飛ばされそうな風ですがね」

「ここにはお長いんですか?」

「二、三カ月です。よかったらここへお座りになりませんか? ぼくに何かごちそうさせてほしいな」男はそう言って向かいの席を指さした。

「ありがとうございます。それではお言葉に甘えてコーヒーを……」ニコルは腰を下ろした。

「パブロ!」男がそう大声で呼ぶと、さっきのウェイターが飛び出してきて、無表情にふたりの顔をのぞき込んでいる。「コーヒーをたのむ」男がオーダーするとウェイターはうなずきもせずに下がった。

「私、ニコル・ロートンといいます」

「よろしく。ぼくはウィリアム・オールドフィールド。どうも、ビルとかウィルとか呼ばれるのが嫌いでね。ウィリアムがいいなあ」どうやら言葉遣いにうるさい男のようだ。

「絵描きさんっておっしゃいましたよね、確か」

「いや、正確には違う」ウィリアムはなんと答えるべきか迷っているように、長く伸ばした茶色の髪に手を当てている。

アマチュアなのだろうか……。そうだとしたらミコノスなんかでどうやって暮らしを立てているのだろう。それにしてもこの当惑ぶりは……? ニコルは内心不思議に思った。

「ぼくは美術学校の出ですから絵は描くことは描きますが、実際はガイドブックの仕事で生活しているんですよ。アメリカの出版社のイラスト入りのガイドブックです。ぼくが文章と写真とペン描きのスケッチを担当しているんです」

「よく売れてますの？」

「まあ、食べていくには十分です。それ以外に観光客相手に絵も売っているし。まずまずですよ。仕事も気に入っていることだし」ウィリアムは肩をすくめてみせた。

「それは何よりですわ」ニコルがそう言うとウィリアムは一瞬からかわれたと思ったのか険しい目つきをしたが、すぐそうでないとわかったらしくまっ黒に日焼けした顔でにっこり笑った。ウィリアムはやせ型の長身で、目はごく淡いグレーをしている。年のころは三十歳ぐらいだろうか。洗いざらしのブルージーンズにブルーのシャツ。素足にこのあたりでよく見かけるゴムぞうりをはいていた。

「この仕事で一番いいことは稼ぎながら勉強できるってことですよ。ギリシャ美術の勉強をしてみようと思っているところなんです」

「一冊書くのにどのくらいかかるんですか？」

「たいしたことはありません。文章だって簡単ですし、なにせ短い本ですからね。アテネに近いからここミコノスをベースに選んだんです。天気さえよければ自分のヨットで簡単に行き来ができますからね」

「今までここに有名人が住んだことは？」ニコルはさりげなくきいた。ちょうどウェイターがコーヒーを運んできて、ぎこちない手つきでニコルの前にコーヒーを置くとすぐ奥へ引っ込んだ。

「もちろんありますよ」ウィリアムは長いグラスにはいったミネラルウォーターを飲みながら答えた。「この島にはこれといった歴史上のできごとはありません。偉大な英雄や王がいたわけでなし、いくさも悲劇もなかった。今あなたが目にしている景色は何世紀もの間変わってやしません。原始的な小さな箱のような家々。ある意味ではミコノスはギリシャのほかの場所より現代的だったのかもしれません。よそでは今になって懸命に小さな箱の家を建てていますからね」

「それはギリシャに限りませんわ。イギリスだってそうですもの」

「いや、まったくです。ところでニコル、あなたのお仕事は？」ウィリアムは思慮深げにニコルの目を見ながら質問した。

「保険の仕事をしています」ニコルはそう答えた。たいていの人は保険の仕事と聞くとハリウッド映画に登場するピストルを持った、鋭い目つきをした探偵を想像するようだが、ニコルの仕事はそうではない。大きな会社の委託を受けて、保険金詐欺の調査をするのが主な仕事だった。調査に出向いても危険な目に遭うことなどはめったになかった。しかし疑わしい人物を長い間見張らなくてはいけないこともあって、とにかく根気のいる仕事だった。

「給料はいいんでしょう?」

「ええ。ところでここには今画家とか作家がおおぜい住んでいるんですか?」

「まあ、二、三人ね」

「イギリス人も?」ニコルは努めて何げなくきいた。ウィリアムはフレーザーの知り合いかもしれない。そして用心深くニコルの出方を探っているのかもしれなかった。ニコルはコーヒーを飲みながら、カップごしにじっとウィリアムの表情をうかがった。

「きみが誰のことをききたがっているかわかってますよ。フレーザー・ホルトなら、確かにここに住んでいます。誰でも知ってます。彼の最新の作品が映画化されてアメリカではばか当たりだったそうだから、腐るほどの大金がはいったことでしょう」とげのある言いかただった。

「彼のこと、お嫌いなんですか?」ニコルはそうききながら、内心ではほっとしていた。

「嫌いですよ」ウィリアムはにべもなく言った。「ぼくが初めてこの島に来て、彼とぼくの家主のギリシャ人と同席したとき、フレーザーは握手してからぼくに二言三言話しただけでその夜はずっとぼくを無視していた。それ以来彼はぼくを無視したままだ」

ニコルにはなぜだかわからなかった。ウィリアムは見たかぎり気持のよい人のように思えるのに、いったいどうしてフレーザーは彼を疎外したりしたのだろう?

「彼はごう慢な男ですよ。島の連中は彼のことが気に入っているようですがね……。彼はギリシャ語を話すからみんなも彼に話し掛けるし、彼も連中には愛想がいいんですよ。まあ、ぼくの顔が気に入らないんでしょうよ」ウィリアムは笑ってみせはしたが、不愉快そうだった。

「たぶん奥さんが亡くなったことで心を痛めていたんでしょうね。彼女はここの海で溺《おぼ》れたんですか？」ニコルは軽くつぶやいた。

「あれはもう二、三年前のことになるかなあ。デロス島で夜だったと聞いていますけどね。しかしデロスなんかによく行ったと思いますよ。夜間の立ち入りは禁じられているんです。もちろん昼間だって観光客もガイド付きでなくてははいれません。あの島に住んでいるのは遺跡の番人だけで、そうでなくてもさびれたところです。ホルトの妻君が夜中にそんなところで何をしていたのか、神のみぞ知るですよ」

ニコルは眉を曇らした。「でも、どうして彼女がデロスで溺死《できし》したってわかったんですか？　彼女のヨットでも見つかったんですか？」メラニーはヨットが嫌いだったはずだ。ギリシャに来てから好きになったというのだろうか？　それとも自殺するためにひとりでデロスまでヨットを操っていったのだろうか。フレーザーから逃れるために？

「遺跡の番人のひとりがビーチで彼女の衣類と寝袋とこまごました物を発見したそうですよ。しかし、本人の姿はどこにも見つからなかった。そして、二、三日たって水死体で上がったんです。ぼくが知っているのはこれで全部です。ぼくが何か質問しても島の連中は貝のように口を閉ざしてしまってね。そういう連中なんですよ。排他的で秘密主義ときている。こちらがたいして聞きたくもない本人や家族のことは話し始めたらやめないくせに、こちらが質問するととたんにぴたっと口を閉ざしてしまう。あなたは保険の仕事をしているって言いましたね？　ホルトの妻君の死を調べに来たんでしょう？　違いますか？　ホルトは多額の保険金を受け取ったんじゃないんですか？」

ニコルはにっこり笑って答えた。「いいえ、彼女には保険は掛かっていませんでした。掛けてあったとしても、彼がお金を必要としたかどうかは疑問ですわ。あんな大出世ですもの」

「出世して、いい気になってる。まったく無礼な男だ」ウィリアムは苦々しく言った。それにしてもウィリアムはなぜこうもフレーザーのことを悪く言うのだろう。フレーザーが同業のウィリアムを敬遠したからだろうか。自分ほど売れていないウィリアムを軽くみたのかもしれない。いずれにしてもニコルには不可解だった。

「彼の住まいは丘の上の新しい別荘地ですか？」ニコルは同じようにさりげなくきいた。しかしメラニーの死を調べに来たのではないと否定したにもかかわらず、続けざまに質問するニコルに、ウィリアムは不信を抱いた様子だった。

「いいや、彼は町の中の古い家に住んでいます。しかし訪ねていくつもりなら、やめておいたほうがいい。彼は歓迎などしてくれる人間ではないですよ」ウィリアムは急に表情を硬くした。「次の角を左に曲がってずっと行くと右側に庭に桑の木のある家がある。両側の白い門柱にはライオンがついていて、窓のシャッターはブルーで塗られているからすぐわかると思いますけどね」

ニコルはすっくと立ち上がった。「コーヒーごちそうさまでした。またお会いしましょう」

「フレーザー・ホルトにぼくからよろしくと伝えてください」ずいぶんすねた口ぶりだった。

ニコルはそんなウィリアムを無視してどんどん歩きだした。今度こそ迷わずに行かなくては……。右手を見ると、白いへいの間からきらきらした青い海が見えた。

急にブルーのシャッターのついた家の前に出た。ニコルは高い門の前で立ち止まった。白いへいの上にはグリーンの葉が風にそよいでいる。二階のバルコニーの低い欄干にはピンクのゼラニウムの鉢が並んでいた。ニコルがベルに手を伸ばそうとしたとき、フレーザーがバルコニーに出てきてこちらを見下ろした。敵意むき出しの顔だ。欄干を握りしめる指には力がこもっている。昨夜も思ったことだが、フレーザーの顔立ちの変わりようにニコルはあらためて目をみはった。しかし引き締まった体はもう三十代も終わりに近いはずなのに、初めて会ったときとちっとも変わってはいない。しかし心の変化がその顔に表れていた。氷のような目、きつい口もと、そして攻撃的なあごの線……。ニコルには別人のようにさえ感じた。いったい何を考えているのかしら？　フレーザーの表情から読み取ることはできなかった。しかし自分を歓迎していないことだけはまちがいなかった。

ニコルはフレーザーを見つめ返したままベルを押した。フレーザーがバルコニーから姿を消したのを見て、ニコルはベルを押し続けた。いつまで押させておくつもりかしら。完全に無視するつもりかもしれない。ニコルは扉を押してみたが鍵が掛かっていてびくともしない。へいも乗り越えるには高すぎた。万が一、乗り越えても、不法侵入で警察に引き渡すいい口実をフレーザーに与えてしまうだけだ。

ややあって扉がぎいっときしみ、鍵ががちゃがちゃいったかと思うと門が開いた。見ると白いパンツに薄手の黒いシャツ姿のフレーザーが長身を片手で支えるようにして門柱に寄り掛かっていた。

「ずいぶん時間がかかったのね。何をしてらしたの？」ニコルはすまして言った。

「どうしてまだこの島にいるんだ？」フレーザーも負けずに言い返してきた。

「旧交を温めようと思って」ニコルがそう言うとフレーザーのブルーの目が一瞬光った。しかしすぐにもとの冷ややかな表情に戻った。

「ぼくのことを言ってるのなら、悪いけど忙しいんだ。書き上げなくちゃならない小説があって、話してるひまなんかないんだよ。コルフ島へでも行ったらどうだい？　ここよりずっとおもしろいから」

「いいえ、私はここがいいんです」ニコルがさらりと受け流すと、フレーザーは顔をしかめて扉を閉めようとした。ニコルはとっさに扉の内側にはいり込んだ。フレーザーはあっけにとられながらも、すぐにニコルを押し出しにかかった。

「ニコル、きみにはもう用はない、帰ってくれ」フレーザーはニコルの肩に両手を掛けるとぎゅっと力をこめた。

ニコルは全身を緊張させた。そして次の瞬間、体をよじると左手でフレーザーのみぞおちを急襲した。フレーザーはうっとうなるとニコルから手を離した。ニコルはすかさずくるりと向きを変え、フレーザーの前腕部をはたくと同時に片足で足首をすくった。ふいをつかれたフレーザーはどさっとあおむけに倒れた。

「なんてことだ。ひどいじゃないか」頭の後ろをさすりながらフレーザーはゆっくり体を起こした。怒っている様子はない。「いやあ、一本取られたよ。こんなものを習っていたとはね。ロンドンは昔と違ってずいぶん物騒になったとは聞いていたが、イギリス女性がアマゾネスになっていようとはね！　いやはや驚いたよ、まったく」

「ご自分を守る術を身につけたほうがよさそうですね」ニコルは小気味よく思いながらちくりと言った。

「そういうきみは楽しんでやってるんじゃないのかい？」フレーザーは口もとをほころばしているニコルをいまいましそうに見た。

「いいえ、とんでもない。まあ、私の言うことを信じたほうが身のためですわ。それにしてもさっきのあなたの顔！」ニコルはくったくなく声をあげて笑った。

「まったく、人を驚かしておいて！　それにしても骨を折らなくて幸いだったよ」フレーザーはそう言いながらあちこち体を触っている。「ちょっと起こしてくれないか？」フレーザーは手を差し出した。

「とんでもない！　その手には引っかからないわ。そんなことをしたら今度は私が飛ばされる番ですもの。ご自分でお起きになって」ニコルはその場を離れて白いアーチをくぐり中庭にはいった。

小さな庭のところどころに日陰ができていて、いくつか白い木のいすが置かれている。花だんに咲いているのはなんの花かしら、鮮やかなブルーの花びらが風に揺れている。日だまりの中には黒猫が気持よさそうに丸まってうとうとまどろんでいる。ニコルは背後のフレーザーを意識しながら、猫の方に近寄った。すると彼がまるで猫のようにそっとしのび寄ってきた。息の音さえ聞こえない。しかしニコルには彼の動作が手に取るようにわかっていた。「いいんですよ、もう一度運試しをしようというのならそれも。でもおやめになったほうがいいわ。今度はけがをしますわ」背中を向けたままで言うと、ニコルは猫の横にしゃがみ込んだ。ニコルに背中をなでられて猫はごろごろとのどを鳴らし始めた。

「結婚してるのかい？」フレーザーの言葉にニコルはぎくっとして振り返った。

「いいえ」顔は引きつっていた。

「そうか、相手が災難に遭う前に逃げ出したわけか！」ニコルの顔をじっと見つめたまま口ではそう言ったものの、フレーザーはニコルのそっけない返事の裏を読み取ろうとしているようだった。ほかの人なら笑ってすますところだが、フレーザーにこんなふうにからかわれるのは心外だった。ニコルは気色ばんだ。「コーヒーでもどう？」時計を見ながらフレーザーが言った。

「ありがとう、いただくわ」ニコルはすっと立ち上がった。小さな体を伸ばした猫を見て、猫好きのニコルはいとおしそうにほほ笑んだ。それをじっと見ていたフレーザーの顔に奇妙な表情が浮かんだ。

「その猫、きみみたいだね。シルクのようにすべすべしていて、優雅だけど毒を秘めている」フレーザーは皮肉っぽく言った。

ニコルはきっとしてフレーザーの方をにらんだが、彼はすでに中庭を横切って左手のドアの方へ向かっていた。敷石の上を歩くフレーザーの足音がこつこつと響く。家の中はしんと静まり返っていて、ほかに誰か人のいる気配はない。四方壁に囲まれた中庭にはほこりっぽい熱気と花の香りが充満していた。急にどこかで鐘の鳴る音がしてニコルは驚いて飛び上がった。すると次々にあちらこちらから鐘の音が起こった。

「ミコノスは教会だらけなんだ。どう数えても三百以上はある。だから必ずいつもどこかの鐘が鳴っている」ドアを開けながらニコルの方を振り向いたフレーザーが言った。

「それじゃ書くときにはうるさくてしかたがないでしょうね」

「いや、すぐに慣れるさ。今ではほとんど鐘の音に気づかないほどだ」フレーザーはそう言いながらずんずんうす暗い家の中を歩いていった。彼の後について白い廊下を行くと、天井の低い部屋へ出た。四方の壁には床から天井まで本がぎっしりと積み上げられ、ピンクの大理石の床にはトルコの敷物《ラグ》がところどころに敷かれている。大きな机の上にはタイプライターや書きかけの原稿が、積まれた本の間に見えた。しかし、フレーザーはその部屋にはいらずに右に折れると別の部屋のドアを開けて、足早についてきたニコルを招じ入れた。部屋の向こうにはよく磨かれた木製のキャビネットがついたモダンな台所が見えた。

「コーヒーをいれてくるから」フレーザーはそう言うと中庭をのぞむ窓際のテーブルにニコルを座らせた。

ニコルは腰を下ろすとフレーザーの逆三角形の背中を見つめていた。不思議なことにそれまで知りたかったことはどうでもいいように思えてきた。そのかわりに次から次へとききいてみたいことが浮かんできた。八年——長い歳月だ……。

驚いたことにニコルが心の中でそうつぶやいたのと同時に、フレーザーがまったく同じ言葉を口にした。「八年か、長い歳月だ」フレーザーはひと呼吸するとパーコレーターを台に載せた。「あれから何をしてたんだい？　男を投げ飛ばすことを習った以外は。ところであれは何？　柔道？」

「ええ。私、黒帯なの」

「ほう、そいつはすごい。きみを怒らせないようにしないといけないな」

「そのとおりよ」ニコルは皮肉っぽく答えた。

「ニコル、きみはいったいここで何をしてるんだい？」フレーザーの目が冷たく光った。「休暇だのなんだのとおとぎ話はけっこうだ。ここへ来たのは偶然なんかじゃなくぼくがここにいるのを知っての上でのことなんだろう？　理由を教えてもらいたいね」

「メラニーはここに葬られているんでしょう？」

「メラニーは死んだんだ！　彼女のことは忘れて、さっさとイギリスへ帰るんだ。今さら過去のことをほじくり返してどうしようというんだい」

「以前確かあなたの口から、隠された真実を明かしたくて記者になったって聞いたような気がするけれど……いつその気持が変わったんですか？」ニコルはさげすむように言った。

「それならニコル、きみの動機を聞こうじゃないか。何年もメラニーとは会ってなかったきみが、なぜ今ごろになってやってきたんだい？」怒りを嚙《か》み殺しながらフレーザーは反論した。

ニコルは言葉につまった。自分自身でさえ説明がつかない。フレーザーのことを軽べつし嫌っていたが、今はもっと複雑な気持になっている。ニコルは急に自分がわからなくなった。フレーザーは自分を冷たく捨てたようにメラニーにも冷たかったのだろうか。いったいこの男《ひと》はどういう人間なのだろう……。ニコルは急にフレーザーが恐ろしくなった。この男に再び会うことがどんなに危険であるかわかっていたはずではなかったか……。昨日ホテルでフレーザーを見かけて以来の危惧《きぐ》の念が、再びニコルの胸にくすぶり始めた。

「ベビスに頼まれて来たのかい？」ニコルの沈黙を破るようにフレーザーが唐突にきいた。

「いいえ。ベビスは私が今ここにいることさえ知らないわ」ニコルははっとわれに返って答えた。

フレーザーは疑わしそうに眉を寄せた。「それならどうしてメラニーの死んだことを？」

鋭い質問だった。

「報道関係に友だちがたくさんいるからよ。仕事がらつきあいがあるの」ニコルはさりげなくかわした。

「きみはまだサムのところで働いているのかい？」フレーザーにいくぶん取り乱した様子が見えた。「なるほどね、だから柔道なんかが必要だったのか。確かサムは保険の調査が専門だったよね。あれは危険な仕事なんだろう？」

「相手によってはね。一度保険金詐欺の男を探っているときに危なく殺されかけたことがあったわ。腕とろっ骨を何本かやられて入院するはめになったけど……。私、ピストルを持ち歩くのが好きじゃないのよ、危険だから。それで柔道を始めたの。楽しいし、ずっと安全ですもの」

「きみはまったく変わっているよ」フレーザーはなかばあきれ顔で言った。なんとなく心を許したような感じもしなくはなかった。

「ありがとう」ニコルはにっこり笑った。ほめ言葉だと受けとめておこう。

「言っておくが、メラニーのことを質問するのはやめたまえ」急に口調が険しくなった。

「ニコル、聞いているのかい？　きみがここにいたいと言うのをぼくが追い出すわけにはいかないが、警告しておく。メラニーのことは忘れるんだ、きみのためだ、いいね」フレーザーはにこりともせずに言った。

5

「もしも私がいやだと言ったら？　ある朝、どこかの浜辺に私の死体が打ち上げられたりするのかしら？」ニコルがさげすむように横目でフレーザーをにらむと、フレーザーは押し黙った。一瞬ニコルはなぐられやしないかと身構えた。が、彼は微動だにしなかった。

「もう帰ったほうがいいんじゃないかい？」

「まだコーヒーをいただいていませんわ。あの音じゃ、もうできてるんじゃありません？」ニコルは悠然と答えた。フレーザーはくるりと向きを変えるとさっきから音を立てているパーコレーターをひったくるようにつかんだ。そして食器棚から出したマグにコーヒーを注ぎ分けるとニコルに乱暴に手渡した。

「ありがとう」ニコルはとびきりの笑顔をしてみせた。そして内心愉快になってきていた。八年前にはフレーザーに傷つけられた自分だったが、今度はそうはさせない。今彼の前にいるのはかつてのはにかみ屋でうぶな娘ではない。フレーザーだってそれはよくわかっているはずだ。心身ともに鍛練を積んだニコルに手出しはしないだろう。もしそんなことになったとしても、ニコルにはフレーザーをらくに投げ飛ばせる自信があった。

「ベビスと別れたのは八年前って言ったかい?」フレーザーはコーヒーに目を落としながら言った。

「メラニーとのおつきあいがとぎれたのと同時だわ」ニコルは窓際に並んだ鉢植えの植物に目をやった。アイビー、しだ、それに小さなピンクの花をつけた植物もある。フレーザーが手入れをするのかしら? ニコルはふとそんなことを思った。

「きみたちけんか別れでもしたのかい?」

「えっ? ベビスと? まさか! ただそれ以来会わないだけよ。メラニーとは友だちだったけれど、ベビスとは違うわ」意外なことをきかれてニコルは眉をしかめた。

フレーザーは黙ったままニコルを見つめていた。あの険しいブルーの瞳の奥でいったい何を考えているのだろう。ニコルは不安に思った。

「ベビスはきみの友だちじゃなかったのか……」フレーザーはそう繰り返して言った。何か深い意味でもあるのだろうか? ニコルには不可解だった。やがてフレーザーはマグを置くと視線を中庭に移した。黒い髪に混じった白髪が日の光を受けてきらりと光った。この八年の間に、頭には白いものが混じり日焼けした顔は表情がきつくなっている。以前はもっと精力的だった……。ニコルはいつのまにかフレーザーをそんなふうに見ていた自分に気づくとはっとして窓の外に目をやった。

「イレーナに私を二週間泊めてくれるようにたのんでくださらない?」ニコルはからになったマグをテーブルに置きながら言った。

「そういうわけにはいかないんだ。さっきも言ったけど、きみがいやだと言うのを追い出すわけにはいかないが、ほかにきみを泊めてくれるホテルなんかないよ。野宿なんか、はなから警察が許さない」

「それなら私、ウィリアム・オールドフィールドのところへ行って泊めてもらうわ」突然のひらめきだった。

「オールドフィールド? きみはやつを知ってるのかい?」フレーザーはニコルの目をのぞき込んだ。顔がこわばっている。

「彼の家なら泊まる部屋はいくらだってあるし、きっと快く迎えてくれるはずよ」ニコルは口から出まかせを言った。

フレーザーはすぐには何も言わなかった。彼の怒りが伝わってくるような張りつめた空気が漂っている。「そうだろうとも、あいつは女好きだからな。もしやつがきみに宿を提供するとすれば、そういう意味さ。もちろんきみも承知の上で行くんだろうが」凍った刃《やいば》のような言葉を吐くとフレーザーはニコルの体をじろりと見て意味ありげに笑った。

「ご心配なく」すまして笑い返しはしたものの、ニコルは内心不安になった。ウィリアムはそういう男なのかしら。そんなふうには見えなかったわ……。もっとも少し話したぐらいではそんな心の内までわかるはずもないけれど……。「もちろん、イレーナのところに泊まれればそれにこしたことはないわ」ニコルはもう一度言ってみた。

「そうはいかない」フレーザーは冷たく言った。何か考え込んでいるように、テーブルを指先でこつこつたたいている。

「そう、わかったわ。もうたのまないわよ」ニコルはドアの方へ歩きだした。

「ここにお泊まり」予期せぬ言葉にニコルは思わず足を止めるとフレーザーを振り返った。

「えっ？　ここに？」

「そうだ。ここにも部屋はたくさんあるよ」フレーザーはすまして言った。

まじまじと見つめられて、ニコルは心の内を悟られまいと必死で平静を装った。イレーナのホテルにしろウィリアムの家にしろ、どうしてニコルがほかの人のところに泊まるのを嫌うのだろう。あげくの果てにはここへ泊まれなどと言い出して……いったいどういうことなのだろう。考えられる答えはただ一つ――簡単に追い出せないと悟ったフレーザーは、自分の目の届くところでニコルを監視するつもりに違いない。

「さてと、それでいいかい？」黙っているニコルにフレーザーは言った。

「ええ、ご親切にどうもありがとう。ここに泊めていただけるなんてうれしいわ」ニコルはさもうれしそうに笑ってみせた。今後、フレーザーはあらゆる手を打ってニコルをつぶしにかかるだろう。しかしそれならそれでこっちにも考えがある。まずは、メラニーが不幸な思いで毎日を過ごしたこの家にいるだけでも疑惑を解き明かすヒントになるに違いない。ありし日の彼女をしのばせるような品々はとっくに片づけられているだろうが、かつてメラニーが手を触れたものに触れ、彼女が座っていた部屋に座ることで、残された彼女のおん念のようなものを感じることができるような気がした。

しかしニコルには一つ危惧《きぐ》があった。それは自分の中に潜んでいるフレーザーへの思いだった。いまだに惹《ひ》かれている自分を知りながら、フレーザーと同じ屋根の下で暮らすことの危なさ、そのフレーザーに少なからず疑惑を抱き、解明せずにはいられない自分の気性が恨めしかった。真相を探ることが自分やメラニー、そしてフレーザーにとってどういうことになるのだろうか。ニコルの心は複雑な不安に揺れた。

「それじゃあ好きな部屋を選んでもらおう」促されてニコルは再びフレーザーの後について狭いらせん階段を上った。「どの部屋でもかまわないよ」フレーザーは一つ一つドアを開けていく。

クリーム色のカーペットにブルーのカーテン。どの部屋も似たり寄ったりで、モダンなベッドとシンプルなオークの家具が入れてある。「ときどき客があるものだから。出版社とか昔の記者仲間の連中が入れ替わりやってきては一週間ぐらい泊まっていくんだ」フレーザーはこんな大きな家にひとりで住んでいるのを言いわけするように言った。

「誰かお掃除に来るんでしょう?」

「ああ、もちろん。さてと、ここがぼくの寝室だ」フレーザーが最後のドアを開けながら言った。

ニコルは戸口から中をのぞき込んだ。中へはいるのはなんとなく気がとがめた。ほかより広い部屋で、いかにも人が使っているという空気があった。テーブルや床の上、そして壁側の本棚のあふれんばかりの本。雑に整えられたベッドには脱ぎっぱなしの白いタオル地のローブが落ちそうになっている。別の棚には小さなカセットデッキとテープ、それにヘッドホン。木製のラックには古くなった新聞や雑誌と一緒に封を切った手紙の束がつめ込んである。ほかにもフレーザーの身の回りの品々がそこらじゅう所狭しと置かれていた。

「とても見せられたものじゃないな」フレーザーは照れたように言った。

ニコルはベッドに目をやった。メラニーもこの部屋を使っていたのだろうか……？　ニコルの心が微妙に揺れた。ふたりの生活ぶりがだんだんと目に浮かんでくる。それにしてもあのメラニーがフレーザーの妻だったなんて、いまだに信じられないような気もする。どう考えても不似合いなカップルだ。ふたりに共通するものなど何一つ浮かんでこない。ベビスからふたりの結婚がうまくいっていなかったと聞いたときにも、ニコルにはたいして驚かなかった。メラニーのことほどフレーザーのことを知っているわけではなかったが、ニコルは直感的にフレーザーの人となりを見抜いていたような気がする。ニコルに言わせれば土台無理な組み合わせだったのだ。

フレーザーにはさまざまな状況を克服して航海をしたり、真実の追究のためなら戦火の中へも取材に行って記事にするというのがもっとも好ましい時間の過ごしかただった。聡《そう》明《めい》で機転がきいて、タフでそして冷静な男。そんな彼には危険を冒してでも精いっぱい自分の限界に挑戦しているときが最高に幸せなのに違いない。かつて自分が惹かれたのはそういうフレーザーだった。彼こそまさしく理想の男性と思い込んだのは若気の至りだったのだろうか？　もしかしたらその幻影にだまされていたのかもしれない。

それに比べてメラニーのほうは、やれパーティ、やれファッション、それに恋愛ごっこと、華やかに軽く暮らすのが好きだった。風で髪が乱れたり、海につかるのさえ嫌ったし、むずかしい話などもってのほかで、平気で作り話をする娘だった。

ニコルは部屋の中を見渡しながら、ベッドだけがふたりの唯一の共通の場だったのかもしれないと思った。ふたりがこのベッドを共にしている姿が浮かんで、ニコルは嫉《しっ》妬《と》を感じている自分に気づいた。おそらく初恋というものは、それが悪く終わればなおさらのこと、誰にとってもそう簡単に忘れられるものではないのかもしれない。幸福よりも苦痛のほうが長く尾を引くものなのだろう。

それにしても、フレーザーはどうしてメラニーなんかと結婚したのだろう？　やはり私の彼に対する判断がまちがっていたのかしら……。もしそうならば、あの沈着冷静な仮面の下にはどんな素顔が隠されているのだろうか？

「いったい何を考えてるんだい？　頭の中が見えなくて残念だよ」まさに自分が思っていたとおりのことを言われてニコルははっと身を硬くした。どうもフレーザーとの間にはテレパシーがあるらしい。とは言っても黙っていても相手に気持がぴたりと伝わるわけもないことは、苦い経験で承知していた。

「メラニーのことを考えていたの」ニコルはまっすぐフレーザーの目を見た。

「そうじゃないかと思っていたよ」

「メラニーは、ミコノスが気に入ってたの？」ニコルはさりげなくきいた。

「いや、そうでもなかった」フレーザーはニコルの目を見て言った。ニコルの次の質問を待ち受けているような表情だ。さしさわりのないことには平然と答えるつもりでいるに違いない。

「メラニーは都会っ子だったから」

「ああ、ここはメラニーには静かすぎた」

「でも夏は別でしょう？」

「ああ、夏は別だ」聞き出せるものならやってごらんとでも言いたげにフレーザーは悠然《ゆうぜん》とほほ笑んでいる。

「それにしても、どうしてひとりでデロスなんかへ行ったのかしら、しかも夜に」ニコルは内心フレーザーの態度にいら立ちながらも努めて冷静にきいた。

「どうしてそんなことを知ってるんだ」フレーザーの顔がこわばった。ついさっきまでの笑顔がうそのように消えていた。

「報道関係に友だちがいるってお話ししたでしょう?」ニコルは肩をすくめてみせた。

「そのことはマスコミは知らないはずだ。デロスに行ったという記事はどこにも出てなかったはずだが……」

「変ね、なぜ載せなかったのかしら?」一歩フレーザーの秘密の核心に近づいたような気がする。

「行ってはいけない場所だからだよ。もしメラニーを乗せていったことがばれたら、そのボート屋はただではすまされないからね。法律を破るのを承知の上で乗せたんだから」

「それはミコノスの人?」

「そうだ」フレーザーはそっけなく言うと、ポケットに手を突っ込みながら窓際を離れた。「わかっただろう? きみにこの島にいて欲しくないわけが。つまらんことをきき回ることが、どんな迷惑を及ぼすか、きみにはわかってないんだよ。きみが泥をひっかき回せば、罪のない人にまでとばっちりがいくんだ」

「罪がないなら何も怖がることはないでしょう?」ニコルも必死で食い下がった。

フレーザーはかすかなため息をつくと部屋を出た。「ところで、どの部屋にするんだい?」後を追ったニコルを振り向いて言った。

「この部屋にしていいかしら？」ニコルは一番大きい部屋の前で立ち止まった。

「どうぞ、好きなように！　それはそうと、きみはぼくとふたりっきりで心配じゃないのかい？」フレーザーはにやりと笑った。

「なぜ？」ニコルはわざとすまして言った。

「なぜかだって？　本気でそんなことを言ってるのかい？」ばかにした口ぶりだ。

「好きでもない相手は一歩だってそばに寄せつけないわ」ニコルは自信満々に言った。

フレーザーはあきれたようにくるりと背を向けると階段を下り始めた。内心してやったりと思いながらニコルも後に続いた。しかし、その上機嫌もつかの間、ニコルははっと息をのんだ。らせん階段を下りきるとフレーザーが背後から迫ってきた。廊下の影になったところからふいに出てこられて、ニコルは身構えるひまがなかった。うっかり油断した隙《すき》をつかれて、あっという間に片腕でのどを締め上げられてしまった。へたにもがけばかえってのどが締められて気絶してしまう。ニコルは早々に観念すると、全身の力を抜いた。

「なんだ、口ほどのこともないじゃないか」フレーザーは勝ち誇ったように笑った。ニコルはすかさず片足でフレーザーの足首をすくおうとしたが失敗だった。「じっとしてるんだ！」さらにきつくニコルののどを締めながらフレーザーがどなった。

ニコルは言われたとおりおとなしくしながら「痛いわ」と弱々しく抗議した。

「だまそうったってだめだ」耳もとにフレーザーの温かい息が掛かる。「毎日猛げいこをしてるんだろう？　その手には乗るものか」フレーザーの息が今度は首筋をくすぐった。ニコルは思わずぴくりと身を縮めた。フレーザーが体をぴったり寄せてきた。そしてニコルの体の線をなぞり始めたかと思うとそっと胸をつかんだ。「できるものなら投げ飛ばしてごらん」震えるニコルの背後からフレーザーが言った。

「今はよすわ。でもそのうちきっと」ニコルが強気で言い返すのを聞いてフレーザーが笑いだした。ニコルの背中でフレーザーの厚い胸が上下している。

「わかったよ、ニコル」その声も笑っていた。「きみの柔道にはまったくひやりとさせられたよ。どうしてそんなふうになったんだい？　話してくれないか？　今のきみときたら、まるでかみそりの刃みたいじゃないか」いつのまにかフレーザーの声がまじめになっていた。

　ニコルは意外な気持でその言葉を聞いた。いったい誰のせいでこうなったと思っているのかしら？　自分が私にしたことを忘れたとでも言うつもり……？　あの最後のデートの一件以来、あなたをずっと憎んできたのに、あなたのほうは全部忘れていたとでも？　私がそんなに小さな存在だったとは……。ニコルは無念さで今にも胸がはじけそうだった。

「ベビスのせいかい？」そうきくなりフレーザーがニコルのうなじに唇を当てた。ニコルは驚きのあまりフレーザーの言葉など聞こえないに等しかった。ニコルのうなじがひとりでに燃えだした。いけない、ニコルはフレーザーの隙をねらって逃げようとした。しかしフレーザーは同時に二つのことに集中できるのか、必死でもがくニコルの首をさらに強く締め上げた。

「動くなって言ったはずだよ」フレーザーはそう言いながらもこわばったニコルの体を愛撫《あいぶ》している。彼の体温がニコルの背中に心地よく伝わってきた。

「いいかい、ニコル、よくお聞き」ニコルのうなじに軽く唇をはわせながらフレーザーはささやいた。「メラニーのことは忘れるんだ。よけいな波風を立てて周りの人たちに迷惑をかけないで欲しいんだ。ニコル、聞いてるかい？」フレーザーはそう言い終わると再びぎゅっとニコルののどを締めた。

「ええ」そう答えざるを得なかった。ニコルの心に怒りの炎が燃えだした。

「どうして髪を切ってしまったんだい？　ぼくは長いときのほうが好きだ。きみのあの長い髪を銀色のえり巻きのように首に巻く夢を見たことがあった」フレーザーはニコルの首に回していた腕を解いた。ニコルは今だとばかり逃げようとしたが、それよりも早くフレーザーの手が優しくニコルの肩をなで、そっとあごを持ち上げた。「あの髪できみを絞め殺してやりたかった……」フレーザーがぽつりとつぶやいた。

「でも、今は無理ね」ニコルは憎まれ口をたたくと思い切って体を離してフレーザーと向かい合った。フレーザーはほくそ笑むようにニコルを見つめていた。ニコルはその自信にあふれた顔を見ているうちに、自分の負けを悟った。こちらからしかけた闘いではあったが、ニコルには自分の限界がわかっていた。

「イレーナのところへ行って荷物をまとめてくるわ。お金も払ってこなくては」ニコルは何ごともなかったかのようにけろりと言った。

フレーザーはこっくりとうなずいた。「スーツケースは置いておいで。後でぼくが運んであげる」ハスキーな声でそう言うと、ドアを開けてニコルを外の門まで送ってくれた。「ぼくはこれからランチの約束があるんだ。きみ、ここへ戻る前にどこかで昼食をすませてきてくれるかい？　四時には戻るよ」

「ええ。では四時に」ニコルは明るく答えると歩きだした。見上げると太陽が真上に来ている。もうお昼なんだわ。何軒かの店ははやばやと昼寝《シエスタ》のために店を閉めた後だった。三時ごろまではまず開くまい。

ホテルにはいっていくと受付のデスクにいたイレーナが顔を上げた。警戒したような顔つきだ。「たった今、フレーザーさんから電話がありました。あちらにお泊まりになるそうで……」イレーナのほうが先に口を切った。「ご不便をお掛けして、申しわけありません」口先ばかりのよそよそしいあいさつだった。ぎこちない態度も朝からちっとも変わっていない。

「荷造りだけしてスーツケースは置いていきます。後でフレーザーさんが取りに来ますから」ニコルがそう言うとイレーナはうなずいてみせた。

背中にイレーナの冷たい視線を感じながらニコルは階段を上がった。イレーナはメラニーのことをどのくらい知っていたのだろう。もちろんきいたところで答えるはずもなかった。

荷物をまとめながらニコルは頭の中でメラニーの死に関して知っていることを順序よく並べてみた。謎《なぞ》を解く鍵《かぎ》を見つけようにも、多くのこまが欠けすぎていて、このジグソーパズルは容易には完成しそうにない。その上、誰も答えてくれないとなったら欠けたこまはどこでどう探してくれればいいのだろう。ニコルはひとりで思案にくれた。

スーツケースを部屋に残してニコルは勘定をすませに階下《した》へ下りたが受付にはイレーナの姿はなかった。家族部屋のほうかもしれない。そう思ってニコルはそっちに回った。勢いよくドアをノックしようとしたが、ニコルははたと手を止めた。中でフレーザーの声がする。「これしかいい方法がなかったんだ」

「どうしてこの前のあの人みたいに脅して追い出せなかったの？」フレーザーをなじるイレーナの声は震えている。

「ニコルはあいつとは違う。ちょっとやそっとじゃ驚かないよ」気が進まないといった口ぶりだ。

「たかが女ひとりじゃないの！　なによ、男なんてみんな女には甘いんだから」イレーナはかっとしたように言った。

「イレーナ」さっきとはまったく違う声がした。ニコルがさらに耳を澄ますと人の動く気配がしてキスするようなかすかな音が聞こえてきた――キス？　フレーザーがあのイレーナと？　なぜだろう……？　イレーナにはパブロスという漁師の夫がいるのに。あっ、でも彼は今は漁に出て留守のはずだが……？　ニコルは眉をひそめた。

「これが私たちにとってどんな危険なことかわからないの？」イレーナのかすれたささやきが聞こえた。声がぐっと艶《つや》っぽい。やっぱり、今の音はフレーザーがキスした音だろう……。

「ぼくを信じておくれ。さあ、そろそろ行かないとニコルに見つかるとまずい」妙に優しい言いかただった。ドアの向こうの足音にニコルは大急ぎで階段を途中まで上がった。そしておもむろに向きを変えると、フレーザーの足音がロビーの外へ消えるのを待って階下へ下りた。そこへちょうどイレーナがやってきた。両手でハンカチを持っている。今、涙をふいたところに違いない。よく見ると目の下に涙の跡がにじんでいた。

「お勘定をしてください」ニコルは悠然としてほほ笑みかけた。

しかし、イレーナは無視したようにデスクの向こうからすっと請求書を突き出した。たいした金額ではない。ニコルがドラクマ紙幣を数えて渡すと、イレーナはデスクのひきだしに押し込んだ。

「すぐ部屋からスーツケースを持ってきておくわ」

「そんな必要はありません。後でフレーザーさんにたのみますから」イレーナがぶっきらぼうに言った。

「あら、そう？　なんだか今そのドアから出ていくのを見たような気がしたけど。たのめばよかったわね」ニコルはとぼけて言った。

イレーナは返事をしなかった。デスクの上を片づけるふりをしているイレーナの顔をニコルはちらりとうかがった。やっぱり泣いていたんだわ。まぶたが赤くはれてマスカラがはげている。

「それじゃまたお会いしましょう」そう言って出口の方に歩き始めたニコルを見送りもせず、イレーナは部屋に消えていった。

6

ニコルは海辺に出た。朝とは違うタベルナを選んで、外に置かれたテーブルに腰を下ろした。ここのウェイターのほうが感じがいい。ニコルはドアの横にぶら下がっているメニューからレモン風味のチキンスープとライスを添えたいかの料理を注文した。スープを待つ間、レチーナをゆっくりと飲みながら、ニコルははるかな水平線をながめていた。デロス島の方角にかげろうが揺れている。メラニーが最後に泳いだビーチをぜひこの目で見たい。ヨットで三十分もあれば行けそうな距離だ。

いつのまにかニコルはさっきのフレーザーとイレーナのひそひそ話のことを考えていた。あの話を聞くまでは、あのふたりが親密な仲だとは思ってもみなかった。フレーザーはふたりの仲を知られるのを恐れて、ニコルがあのホテルに泊まることを嫌ったのだろうか。イレーナの夫は漁師でほとんど家にいない。となればイレーナには夫に秘密を持つことはさほどむずかしいことではないだろう。それとも夫は見て見ぬふりをしているのかもしれない。ミコノスみたいな狭い島で密会を重ねるのはたやすいことではないはずだ。いつも誰かの目があるし、うわさだってあっという間に広がるに違いない。
〝どうしてこの前のあの人のように追い返さなかったの？〟――あの人？ イレーナが言ったのはベビスのことだろうか。それともベビスに雇われた探偵かしら？ いずれにしろ、さっきの話の内容からいくと、ふたりの仲はメラニーの生きていたときから続いていたことになる！

ニコルはきちんと座り直した。レチーナのグラスを握る指先が白く、そして震えていた。いったいふたりの関係はどのくらい続いていたのかしら……？ メラニーはふたりの仲を知って逃げ出そうとしたのかもしれない。メラニーの死の原因はそもそもそこにあったのかもしれなかった。メラニーは自殺したのだろうか、それとも……？

ニコルはあわててもう一方の考えを打ち消した。フレーザーは妻に浮気をなじられたからといって妻を殺すような男《ひと》ではない……。ニコルは唇を噛《か》んだ。確かにかっとすれば暴力を振るうくらいは想像できる。しかし、残忍な方法で妻を消すなんてニコルにはとうてい思えない。思いたくもなかった。

チキンスープが運ばれてきた。ピッタという炭火で焼いたこげめのあるパンが添えてある。ニコルは夢中でピッタをほおばりながら岸壁につながれたヨットの帆のワイヤーのきしむ音を聞いていた。潮風に乱れた美しいニコルの髪がうつむいた顔にかかる。

メラニーの死の裏に潜むものを見つけようと固く心に決めてここまで来たニコルだった。

都会っ子のメラニーをこんなひなびた島に閉じ込めたフレーザーが腹立たしかった。しかしメラニーを不幸にした原因がそれ以上にあろうとは、夢にも思っていなかった。やりきれない思いが胸に広がっていく。しかし、フレーザーがメラニーを裏切らなかったとしても、メラニーのほうからフレーザーを裏切った可能性もないとも言えない。

背後で小さな足音がした。驚いて振り向くと、アドニ少年が黒い瞳をきらきらさせて立っていた。「あら、アドニだったの」ニコルはほっとして笑いかけた。

「ハロー、ニコル」アドニは自分の英語に満足したようににっこりするとニコルのスープをのぞき込んだ。「おいしい？」

「ええ、とてもおいしいわ。ねえ、ここへお掛けなさいよ、お話ししましょう？」ニコルが誘うとアドニは素直に腰を下ろした。「よかったらどう？」ニコルはにこやかにピッタの皿を差し出した。

「うん」アドニは細い指の間にピッタをはさむと器用に割ってみせた。ニコルは思わず目を細めた。

「フレーザー・ホルトに私がここに来たことを知らせたのはあなた？」

「えっ？」アドニは目を丸くした。なんて無邪気な顔だろう。

「あなたでしょ？　彼、あなたのお友だち？」ニコルは返事を待ったがアドニは何も言わなかった。

しばらくの間、アドニはピッタを、ニコルはスープを、せっせと口に運んだ。

「あのね、あの人は私の友だちなのよ。これから彼の家へ移るところ」

「そうだってね」アドニは驚いた様子もない。

「あなたはなんでも知ってるのね！」ニコルは思わず笑いだした。この子にきけばすべてがわかりそうだった。しかし痛い目にでも遭わせないかぎり、言わないと決めたことはいっさい口にしそうもない。というよりフレーザーに口止めされたことについては、というべきだろうか。それにしても、ここでのフレーザーの威力はたいしたものだ。金持で有名だからだろうか。それとも流暢《りゅうちょう》にギリシャ語を操る彼を島の住人の誰もが敬愛しているからだろうか。

ウェイターがスープの皿を下げに来て、代わりにいかの大皿とグリーンサラダのはいった小さな皿をニコルの前に並べた。ウェイターがにやりと笑ってアドニにギリシャ語で何か言うと、アドニも笑いながらすぐに言い返した。

「ねえ、なんて言ったの？」サラダを取りながらニコルはアドニを見つめた。

「あなたが美人だってさ」アドニはいたずらっぽく答えた。

「まあ、おじょうずですねって言って」ニコルが照れて言うとアドニはきょとんとした目をした。「ありがとうってことよ」ニコルはやさしい言葉に言い直した。

「そうか！」アドニは笑うとウェイターにすぐ伝えた。彼はちょこんと頭を下げるとニコルに投げキスをして中へ引っ込んだ。入れ違いに、ニコルのテーブルに影が落ちた。どきっとしながらニコルは目を上げた。立っているのはウィリアムだった。

「サラダやフルーツは食べてはだめですよ。島の水で洗ってるんですから。おなかが痛くなりますよ」

「そんなの平気です」ニコルはサラダを取りながら平然と答えた。

「さよなら、ニコル」アドニがさっと立ち上がったかと思うと、ウィリアムを無視するようにして駆けていってしまった。ニコルがアドニの後ろ姿を見送っている間にウィリアムはちゃっかりニコルの隣のいすに腰を下ろしていた。アドニもウィリアムを嫌ってるんだわ。アドニにまで嫌われるとは、ニコルには解せなかった。

「ホルトの家は見つかりましたか?」

「ええ」そう答えたものの今のニコルには目の前の料理のほうが先だった。まずいかを食べてみた。いかはもちろん、ソースもたまらなくおいしい。「この島にいる間は彼のところに泊まるように言われたわ」ひと呼吸おいてからニコルは上目づかいにウィリアムを見た。

ウィリアムは口をへの字に結んでじっとニコルを見ている。一見子供っぽい顔立ちのウィリアムもよく見るとうすい唇が短気そうだし、深く落ち窪んだ目には活気がない。そしてとがった鼻とすねたような口もとからは、ひねくれ者のような印象を受ける。

「きみは彼の友だちだったんですか。ぼくはまたきみが有名人見たさで言ってるとばかり思ってましたよ」ウィリアムが口を開いた。

「何年も前に知り合ったんです。彼がまだ小説なんか書く前に……」

「ほう、奥方のほうもご存じで？」その軽べつをこめた言いかたにニコルはきっとウィリアムをにらんだ。

「ええ、幼なじみだったわ」

「奥方はたいした男好きだったそうじゃないですか。アテネの友人の話では、あのふたりは毎年二、三週間アテネで過ごしていたそうだが、奥方のほうはいつも誰かとたいそう仲よくしていたそうですよ」ウィリアムの口もとには意地の悪い笑いが浮かんでいる。ニコルにもやっと島じゅうの誰もが彼を嫌うわけがわかったような気がした。好人物に映った第一印象もあっという間に色あせた。

「メラニーはとても陽気な人だったわ」こう自分が言うのを聞きながらニコルはメラニーをかばっている自分に驚いた。メラニーはただあたりかまわずわいわいにぎやかにしていただけだった。ニコルは急に自分に対する裏切りまでも許せる気がしてきた。今になって思えば、あの場合にはやむを得ない状況だったのかもしれない。初めはフレーザーに夢中になっていた自分をからかってやろうぐらいのつもりだったに違いない。いたずら半分に横からちょっかいを出すうちに、いつしかフレーザーの気を惹《ひ》くことに夢中になり、後に引くにも引けず、結果的にフレーザーを横取りした形になってしまったのだろう。その上、あの子供じみた無頓着な性格も手伝って、ニコルの傷の深さにまで考えが及ばなかったに違いない。メラニーはおそらく最後まで大変なことをしたとは思ってなかっただろう。

もしふたりの立場が逆だったならどうなっていたかしら。メラニーのことだ。決して深刻に受けとめず、おそらくあっさり許してくれたことだろう。メラニーは常にものごとの明るい表面しか見ない人で、決して深くて暗い部分には目を向けようとはしなかった。自分こそ、メラニーに結婚式の介添え役をたのまれたとき、メラニーの考えかたをもっとよく理解すべきだった。あのときメラニーは彼女なりにニコルに手を差し伸べて許しを請うていたのだ。甘ったれのメラニーにはそうすることでニコルの怒りが静まると思っていたに違いない。自分のつけた傷のことなど思いもよらないメラニーにとっては無理もなかった。おそらくニコルから大切なおもちゃを取り上げたくらいにしか思わずに、フレーザーのもとへくったくなく笑いながら駆けていったに違いない。そしてそれが、自分からニコルを永遠に遠ざけることになるなどとは夢想だにしなかったことだろう。

ふたりの性格はまるで水と油だった。そもそも子供のとき、偶然に出会うことがなければ、友だちになることはなかったことだろう。しかし正反対の性格だからこそお互いに惹かれていたのかもしれない。恋人どうしが夢中になるのもお互い自分にないものに惹かれるからにほかならない。思慮深いクールな男が時として、浮わついた頭の鈍い女にころりと参ったりすることもある。自分はメラニーのあの人生に対する気軽な姿勢や、みんなに好かれる陽気な気性がうらやましくてしかたなかった。無論、そうなったからといってメラニーになんの責任があるわけでもない。

フレーザーもそんなメラニーに惹かれたのだろうか。そして結婚した後になって、メラニーを責めたのだろうか。メラニーの実態を知るそばから幻滅していったのかもしれない。

ニコルはそう思うと心が痛んだ。

ニコルが昼食を食べながらもの思いにふけっている間じゅう、ウィリアムは黙って座っていた。しかしニコルが食べ終わった皿を向こうに押しやると、とたんに話し掛けてきた。

「食後のコーヒー、ぼくもご一緒させてもらっていいですか?」なんともまわりくどい言いかただった。

「ええ、どうぞ。ウェイターを呼んでください」内心いい気分はしなかったが、ニコルはにこやかに言った。ここでウィリアムの機嫌をそこねてはならない。メラニーのここでの暮らしぶりなど、聞けるはずの話がおじゃんになってしまう。ウィリアムに呼ばれたウェイターはコーヒーの注文をきくと、皿を下げていった。

「ぼくは家で食べてきたんですよ。午前中仕事をしていたものですから」言いわけするような口ぶりだ。

「あら、何を書いているんですか?」

「以前書いたミコノスの本に手を入れているんです。もう少しでできますけどね。それが仕上がったらロンドンのエージェントに送って、そうしたらまた別の本のことを考えなくてはなりません。次はティノスとアンドロス島のことでも書こうと思っているところです。二つ一緒にしてね。もっとも、重要なのは文章より写真なんです。ぼくは写真も好きでしてね」そう言いながらウィリアムは空を見上げたが、ニコルの目にはどうも熱心に仕事をしているようには見えなかった。

「本を書くたびに島から島へ移るんですか？」

「いや、できるかぎりミコノスにいるつもりです。ここは家賃が安いですからね。ほかではとてもこんなわけにはいきませんよ」

ニコルは運ばれてきたコーヒーに口をつけると黙ってウィリアムの話を聞いていた。ぐだぐだとした身の上話に、ニコルはいつのまにか眠くなってきた。レチーナの酔いと満腹感も手伝って、ウィリアムの話す声が暑い日ざしの中でしだいにぶんぶんという虫の羽音のように聞こえる。まぶたが重くてしかたない……。ニコルは眠け覚ましにどろどろして甘ったるいコーヒーを一気に飲み干した。そしてよそのテーブルにいたウェイターを呼ぶと、さらにもう一杯コーヒーをたのんだ。「あまり甘くしないでね」ニコルの英語をウィリアムがたどたどしいギリシャ語に直すと、ウェイターはニコルに向かってにっこりとうなずいてみせた。

いすの背にもたれてぼうっと港をながめていたニコルは知った顔を見つけてはっと目を凝らした。イレーナだわ！　埠頭《ふとう》の向こう端に立っているのはまさしくイレーナだった。ピンクのブラウスに白いプリーツスカート。黒い髪が風にそよいでいる。やがて、ひとりの男がイレーナに近寄ってきてキスするのが見えた。男はだぼだぼの白いシャツに黒いズボンをはいている。さらに目を凝らしてみたが、顔まではっきり見えない。背は高く、黒い髪、そしてがっちりとした肩……。あっ、フレーザーだ。ニコルは一瞬そう思った。しかしちょうどイレーナとこちら向きに歩きだした男はフレーザーとは別人だった。

「それじゃきみはそこにはまだ行ってないんですね？」ウィリアムの声が聞こえた。

「えっ？　どこへ？」ニコルがあわててきき直すとウィリアムはあからさまにいやな顔をした。いつのまにかすっかり耳がお留守になってしまったようだ。そういえば、さっきからデロスがどうのこうのと言っていたような気もする。「ごめんなさい。デロスの話だったわね？」ニコルは取ってつけたように答えた。

「ギリシャに来たらデロスに行かなきゃうそですよ。ところで、どうです、今週中にぼくのヨットで行ってみませんか？　あさってあたりいかがですか？　弁当持ちで行って、午後いっぱいゆっくりしてきましょうよ」

「ありがとう、ぜひ行きたいわ」ニコルはウィリアムと行くことにした。ウィリアムはメラニーの服が発見された現場を知っているに違いない。自分ひとりで行くよりは、きっと収穫が多いだろう。

ニコルはちらっとイレーナと男の方に目を走らせた。すると話に夢中になっていたウィリアムは再び話を中断してニコルの視線を追った。男はイレーナの腰に片腕を回し、彼女のほうは男の肩に寄り掛かるようにして歩いてくる。イレーナの顔が幸せそうに輝いて見える。それは単にほほ笑んでいるというのではなかった。どう見てもうっとりと幸せに酔いしれている表情だ。ニコルはその顔を見ながらわけがわからなくなってきた。イレーナがフレーザーと関係を持っているとしたら、ほかの男に対してあんな表情をするものだろうか？　あの男はいったい何者だろう。ニコルはグリーンの目を細めるとじっくりと男を観察し始めた。すごくハンサムだ。背の高さ、しなやかな体つき、こんがり焼けた肌、彫りの深い横顔。まっすぐに伸びた形のよい鼻、きりっとした口もと、そして黒い瞳。まさにギリシャ彫刻を思わせるすばらしい男だ。

「ははん、お帰りなすったか」ウィリアムが横から言った。

「誰なんですか？　あの男の人」

「ここの漁師です。島じゅうの女たちが夢中で追い駆け回してる。まあ〝ミコノスのドン・ファン〟ってところですかな」ウィリアムは皮肉っぽく笑った。

「あの女性は奥さん？」もうきくまでもなかったが、ニコルが確かめるように尋ねると、ウィリアムは黙ってうなずいてみせた。そうか！　これでわかったわ、私をホテルから必死で追い出したわけが。パブロスが帰ってくるからだったのだ。夫の前でニコルにフレーザーのことをきかれては困ると思ったからに違いない。パブロスは自分の妻とフレーザーの関係を知らないのだろうか？　それともイレーナはパブロスなどおかまいなしにフレーザーと密会を重ねているのかもしれない。

「そろそろ行かないと……」ニコルは席を立った。さっきのウェイターに勘定を払い、気前よくチップをはずんだ。また来るときにも気持よく迎えて欲しいからだった。

「あさっての約束、いいですか？」

「ええ、楽しみに。何時にどこへ行ったらいいのかしら？」

「正午に埠頭で。あそこに見えるブルーと白のヨット、あれがぼくのですからね。〝アガシー号〟っていうんです」ウィリアムは指さしながら言った。

「わかったわ。それではあさって」ニコルはこっくりうなずいてみせた。

「正午、忘れないでくださいよ」ウィリアムはしつこく念を押した。

ウィリアムと別れると、ニコルは白い家並みに沿ってゆっくりと歩き始めた。うなじに照りつける日ざしが暑い。昼寝《シエスタ》の後で再び店は開いていた。あちらこちらの日だまりでは猫がのんびりと寝そべっている。空気の中にはほんのりと魚料理のにおいが残っている。どこからか教会の鐘の音が聞こえてくる。ニコルの目の前にミコノスのふだんの光景がのどかに繰り広げられていた。

フレーザーの家に戻ってみると、門が開いたままになっていた。中庭をのぞくとフレーザーがいた。日のあたる石の上を歩く後ろ姿を目で追いながら、ニコルは心に鋭い痛みを感じた。それはフレーザーへの怒り、そして自分自身の弱さへのいらだちでもあった。ニコルはフレーザーの中にまったく異なるふたりの男を見て戸惑っていた。ひとりはかつてヘブリディーズでの休暇でニコルの心をとらえた男――知的で、穏やかで、頑固で、率直で、そして賢い魅力的な男だった。それに反してもう一方の男はメラニーに惹かれると、さよならも告げずにニコルの前から姿を消した男だ。そしてあろうことかイレーナともひそかな関係を持ち、ベビスや彼の雇った探偵をこの島から容赦なく追いはらった男だった。いったいどちらが本当のフレーザーなのだろうか。いや、彼は二重人格者なのかもしれない。ニコルはそら恐ろしくなってきた。

突然、ニコルの存在に気づいたのか、フレーザーがこちらを向いた。ニコルは努めて何食わぬ顔をしてフレーザーに近寄っていった。内心では、ふたりっきりになることで神経がぴりぴりしていた。異性をうまくあしらう術は身につけているつもりだし、こんな気持になったことなどめったになかった。この不安感はいったいどうしたことだろう。

「昼ごはんはちゃんと食べたかい?」フレーザーの黒い髪が日の光に青っぽく光った。

「ええ、港に面したタベルナで。おいしかったわ」ニコルは桑の木陰の白いいすに腰を下ろした。「レチーナを飲みすぎて少し眠いわ」何げない言葉をやりとりしているうちに、ニコルはフレーザーのことをよく知っているような気がしてきた。長くつきあったわけでもないのにそれは不思議だった。

「きみのスーツケース、運んできてあるよ。部屋に入れておいた。いつでも好きなときに階上《うえ》へお上がり。ここにいる間は何をしようときみの自由だ。手伝いの人が来て家の掃除はしてくれる。ただ朝のベッドの整理ぐらいは自分でしてくれるとありがたいがね」フレーザーもニコルの横に腰を下ろした。浅黒い肌が日の光に輝いている。目を半分閉じて、いかにもリラックスしているふうだ。

「もちろんそのぐらいはしますわ。ほかのことだってできることはやりますよ」

「料理はできる？」フレーザーはニコルの方に顔を向けると、半分閉じたような目でニコルをじっと見つめてきいた。

「これでも私、料理の腕はたいしたものなのよ。なんなら今夜、夕食を作ってお見せしましょうか？」

「台所の水槽にとりたてのロブスターがはいってる。料理してくれるかい？」

「えっ？　ロブスター？　ロブスターはだめだわ」ニコルはぞっとしたように言った。

「ははは、大丈夫。ロブスターなんてありゃしないよ。きみをちょっとからかっただけさ。昔、ロブスターが料理されるところを見てずいぶん怖がっていたじゃないか。今でも覚えてるよ、あのときのきみの顔。あれからきみも変わったかと思ってね」

「いいえ」ニコルはつんとして答えた。フレーザーに昔のことを言われたくなかった。いやなことを思い出すだけなのは目に見えている。

「たいして変わってなくてよかったよ」フレーザーは組んだ足をぶらぶらさせていかにも楽しそうだ。

「メラニーはすごく変わって?」

フレーザーの足がはたと止まった。「いいや」きっぱりそう言うと、フレーザーは口を固く結んでしまった。

「メラニーはいつも明るくて生き生きとしてたわ」今になって、より鮮明にメラニーのことが見えてきたような気がしてなつかしく思われてならない。

フレーザーが立ち上がった。「彼女はむこうみずで、落ち着きがなくて、その上ひどくわがままだった。自分のこと以外は何も考えない女だった。ニコル、きみだってそう思ってたんじゃないのかい?」フレーザーは冷たくそう言うとさっさと家の中へ姿を消した。ニコルはフレーザーのこわばった顔や体から、そしてその冷たい声からも、心に秘められた苦々しさを感じたような気がした。

ニコルもほどなく家へはいった。ひんやりとした石の廊下が心地よかった。階段を静かに上がっていくと、開けっ放しのドアの向こうでフレーザーがシャツを脱いでいた。みごとに日焼けした胸を黒い胸毛が覆っている。シャツをベッドに放《ほう》り投げたときの肩や腕の筋肉の動き。思わずうっとりしていたニコルだったが、ズボンのベルトをはずし始めたのに気づくと大急ぎで自分の部屋へはいった。気がつくと、この部屋には鍵《かぎ》がない。ニコルは急に不安になって、ドアにいすを立てかけた。そしてゆっくりと服を脱ぐとシャワールームに向かった。

冷たいシャワーを浴びてすっかり汗やほこりを洗い流すと、ニコルは大きな白いバスタオルに体を包んで化粧台の前に座った。ぬれた髪をとかしながらフレーザーの動きに耳を澄ましたが、何も聞こえてはこない。

さっきのあの苦々しい言いかた……もしかしたらフレーザーはメラニーのことをずいぶん気遣っていたのではないだろうか？　彼のことを腹黒い男だと思い込んでしまって、とんだ思い違いをしていたのかもしれない。フレーザーが苦々しく思っているのはメラニー自身ではなく、メラニーのしたことなのではないだろうか？　そうだとすれば、メラニーはいったい何をしたのだろう？　ほかの男たちと親しいつきあいをしたからだろうか？　そうだとしてもニコルにとっては驚くに値しない。メラニーならやりかねないし、昔とたいして変わらなかっただけのことではないか。しかし世間はそうは見てくれないし、無頓着なメラニーのことだ。フレーザーの心の奥が読めなかったとしても不思議はなかった。

それにしてもなぜメラニーは夜ビーチなんかに行ったのだろう。しかもあれほど泳ぎの達者な人が溺《おぼ》れるなんて……。ほかのスポーツには見向きもしなかったが、水泳だけは別だったし、うまかった。

フレーザーがメラニーのことを語りたがらないのは隠しておきたいことがあるからにほかならない。しかしそれはいったいなんなのだろう……。ニコルはいつしか真剣に考え込んでいた。

はっ、と気がつくとドアが開いて立てかけておいたいすが横に押しのけられている。ニコルはぎょっとして飛び上がった。つい推理に夢中になっていて不覚にもドアがこじ開けられる音に気づかなかったのだ。

鏡の中でニコルとフレーザーの目と目がぶつかった。フレーザーは戸口に立ってこちらをじっと見ている。鏡の中でグリーンとブルーの火花が散った。

「悪かった、きみのバリケードを壊しちゃって。はいるなってことなら、もうここにはいらないようにしよう」といやみたっぷりにフレーザーが言った。

「ノックしてくだされば開けたのに」

「したよ」不機嫌な顔をしている。どうもうそではないらしい。ブルーの目が光っている。

「あんまり暑かったのでシャワーを浴びたのよ」気がつくとタオル一枚しか身につけていなかった。ビーチではもっと肌を出すのだし、大きなタオルで胸からひざまですっぽり隠れているのに、ニコルは急にそわそわしてきた。

フレーザーが物憂げに近寄ってくる。鏡を見ると自分のつやつやしたなめらかな肩や腕があらわに映っている。ニコルは思わずヘアブラシを握りしめた。「パブロス・ブルラミスってすごくハンサムなかたね」ニコルはとっさに言った。

フレーザーの足がぴたりと止まった。今にもニコルにのしかかってきそうな気配がする。

「いったいどこで見たんだい？」フレーザーの眉根が寄った。

「お昼を食べているときに……」

「どうしてパブロスだってわかった？」

「ウィリアムが教えてくれたのよ」

「えっ？　オールドフィールドのやつと一緒に食べたのか？　やつとはここへ来る前からの知り合いなのか？」フレーザーの顔に険しさが増した。

頬にかかった髪をブラシで後ろへなでつけたそのとたん、その動きでニコルの胸からはらりとタオルが落ちてしまった。フレーザーはすかさずあらわになった胸に視線を注いだ。ニコルはかっとなりながらもあわててタオルを引っぱり上げた。「い、いえ、ウィリアムとはここで出会ったの」やっとの思いでニコルは言った。「イレーナが埠頭でご主人を出迎えてたわ。それにしても、あんな美男子の人は初めて見たわ。まるで映画スターのようじゃない？」ニコルは話題を変えた。

「言っておくが、イレーナはすごいやきもちやきだから、彼女の前でだんなを見たりするんじゃないよ」フレーザーは無愛想に言った。

「彼のほうはどうなの？　彼も嫉妬《しっと》深いの？」ニコルはくすっと笑うとフレーザーの顔色をうかがった。無表情、そして無言。フレーザーとイレーナの関係をニコルが知っていることに気づいたに違いない。

フレーザーの黒い髪もぬれているところをみると、彼もシャワーを浴びたのだろう。そういえば、さっきと服が変わっている。黒いジーンズに白いシャツ。開いたえりもとから日焼けしたのどがのぞいている。

「メラニーがこの家に住んでいたなんて想像もつかないわ。彼女がよくミコノスなんかで暮らせたわね。アテネじゃなくてどうしてここに住むことになったの？」ニコルはきいた。

フレーザーは顔をしかめた。「次から次へとくだらないことをよく思いつくねえ」そうつぶやいたかと思うとやにわにニコルの肩に手を掛けて後ろ向きのまま自分の方に引き寄せた。ニコルは立ち上がるひまもなかった。

ニコルは驚いてフレーザーの顔を見上げた。彼の顔は暗くそしてこわばって見えた。急にフレーザーが顔を近づけてきてニコルの唇を奪った。ニコルの全身の震えが、フレーザーにも伝わったに違いない。フレーザーはニコルのむき出しの肩をつかむ手をゆるめると、両手の親指でニコルのしめった肌をそっとなで始めた。目がくらむ思いだった。ぎゅっと目を閉じてこのあやしいめまいに耐えようとしたが、唇は勝手に開いてしまう。フレーザーの指がゆっくりとニコルの腕をつたっていく。そして胸をとらえて止まった。タオルをはがす冷たい指の感覚。ニコルは思わずため息をもらした。抗議であると同時に甘い喜びのため息でもあった。

ニコルは長い間に心の中に壁を築いていた。これまで出会った男の誰にも心を許したことはなかった。若いときのフレーザーとの失恋の痛手がそうさせていたのだろう。そしてニコルはその壁の内側に自分の情熱や欲望をすべて押し込めてきた。しかしその壁もフレーザーの微妙な指の動きにあっけなく崩れ落ち、抗しがたい熱い波がニコルの体にひたひたと押し寄せてきた。

フレーザーは巧みに口づけを繰り返しながら、ふわりとニコルを両手で抱き上げた。ニコルも夢中でフレーザーの首にしがみつきやがて唇が重なると、満ち足りた思いが体じゅうに広がった。

フレーザーはニコルをそっとベッドに下ろし、体からタオルをはぎ取るとゆっくりとニコルの肌に指をすべらせた。ニコルは体を震わせながら、夢中でフレーザーの唇を求めた。急にフレーザーの指が離れた。ニコルが酔ったような重いまぶたを開けるとフレーザーは服を脱いでいるところだった。ニコルを見つめる目が光った。ニコルは突然はっとしてわれに返った。

「どうして次から次へと質問するかですって？　あなたこそどうして答えたがらないの？」ニコルはつぶやくように言った。

フレーザーの顔が引きつった。ニコルはその顔に急に冷たいものを感じてあわててタオルをたぐり寄せ体を覆った。

「メラニーはどうして死んだの？　なぜ死んでしまったの！」ニコルはついに悲しみをこらえきれずに大声でわめきちらした。

フレーザーはそそくさと服を着るとベッドから下りた。そして黙ってニコルの半裸に近い体に冷たい目を走らせながら「きみなんかにわかってたまるか！」と言うなりつかつかと部屋を出ていった。

7

ひとりベッドに取り残されたニコルの目からひとりでに涙があふれてきた。覚めた心とは別に満たされなかった体がせつなくうずいていた。そもそものごとをいいかげんなままにはしておけないニコルだった。たとえ結果がどんなにつらかろうとも、とことん真実を追究しないではいられない性分なのだ。

フレーザーがニコルを抱こうとしたのはこれ以上メラニーのことをせんさくさせまいという魂胆からだろう。脅かして島から追い出そうとしたり、ホテルにいられなくしたのも、そして急に自分の家に泊めてあたかもニコルに惹《ひ》かれたかのように迫ってきたのも、すべて二年前の夜のできごとの真相を明らかにされたくない一心でのことなのだ。その裏にはよっぽど大きな理由があるに違いない。もしもメラニーの死に何も疑わしいことがないなら、フレーザーが口を閉ざす理由はいったいなんなのだろう?

寝返りを打ってベッドを下りるとニコルはダークグリーンのシャツにジーンズを身につけた。シャツは透き通ってたっぷりとしたそでと、そで口に二つ並んだ小さな銀色のボタンがしゃれている。ニコルは髪をブローしながら乾かすと、顔の回りにふわりと掛かるようにとかした。よく日に焼けた健康な肌にはファウンデーションは必要ない。唇に紅をさし、まぶたにグリーンのシャドウをうすくぼかすと、ニコルは荷物の整理を始めた。服をたんすにしまい、化粧品や洗面用具を化粧台にきちんと並べながら、あらためて部屋を見回してみたが、ここにもメラニーをしのばせるものは何もなかった。

部屋の外へ出て、ドアをそうっと閉めた。耳を澄ますと階下《した》から音楽が聞こえてきた。ニコルは抜き足さし足で、ほかの二つの部屋に忍び込んだ。あちこちすべて調べてみたが、自分の部屋同様、メラニーのものはここにも見あたらない。フレーザーは彼女の遺品をどうしたのだろう。誰かに売ったのかしら、あげたのかしら、それとも壊してしまったのかもしれない……？

ニコルはフレーザーの寝室の前へ来ると、もう一度階下の様子をうかがった。こんなところを見つかりでもしたら、何をされるかわからない。油断ならない男なのだから。もしかしたら想像以上に危険な男かもしれない。階段の手すりから廊下をのぞき込んだが人のいる気配はなかった。音楽が聞こえてくる部屋のドアはぴったりと閉ざされている。よし、ニコルは心を決めるとそっとフレーザーの部屋にはいった。すばやくクロゼットを開けてみると、洋服や下着はきちんと重ねられ、ソックスとハンカチは一緒のひきだしにしまってあった。ネクタイがずらりと一列に並び、ワイシャツにはどれもきちんとアイロンが掛かっていた。ニコルの目は仕事がらそれらがすべて一流の品であることも見落とさなかった。フレーザーは金持なのだ。しかし、それはわかっていることだった。

床には本がいくつも山になっている。机の上には手紙や書きかけの原稿、部屋じゅうフレーザーのものであふれんばかりだ。それなのにメラニーのものは何一つ見あたらない。ニコルは手紙をつまみ上げると、さっと目を通した。新聞記者時代の友だちからの楽しい私信だった。そのほかはすべて仕事の手紙で、出版社からの二通のほかは請求書の束だった。

洋服だんすの扉を閉めようとして、ニコルは上の棚の重なったTシャツの下からブルーの本の角がのぞいているのを見つけた。注意深く引っぱり出してみると、それは革張りの大きなアルバムだった。ニコルの体に戦慄《せんりつ》が走った。持つ手に自然に力がはいる。そのとき急に、階下でドアの開く音がしたと同時に音楽が大きく響いてきた。大変だ！　ニコルは急いで扉を閉めるとアルバムをわきに抱え、つま先歩きで自分の部屋へ戻った。そしてドアを閉めるなりアルバムをベッドのマットレスの下に押し込んだ。ぬかりなくベッドカバーをきちんと掛け直しておくことも忘れなかった。

ニコルがベッドを離れるとすぐ、ドアをノックする音がした。ニコルは悠然《ゆうぜん》と歩いていくと、何くわぬ顔でドアを開けた。

「冷たいラム肉とサラダでよかったら、階下へ下りてきて一緒に食べないかい？」フレーザーは遠慮がちにニコルを誘った。

「ありがとう、うれしいわ」ニコルはフレーザーの後に続いた。早くアルバムを見たいところだが、後で邪魔のはいらないころを見計らってゆっくりと見ることにしよう。しかし、今夜のうちに、しかもできるだけ早くもとの場所に返しておかなければ……。「フレーザー、私、ここにただで置いてもらうわけにはいかないわ。どうしたらいいかご相談したいの」ニコルはフレーザーの後ろ姿を見ながら言った。

「いや、きみはぼくのお客なんだから」

「困るわ、私。お金を取ってくださらないと」

「いや、受け取れないね」フレーザーはそう言うなり台所へはいってしまった。あわてて追うと、すでにテーブルはふたり用にセットされ、中央にはサラダとかごに盛られたパンと、そして厚切りのラム肉の大皿が並んでいた。腕時計をのぞくと七時。太陽はとっくに沈んで空気にはひんやりしたものが感じられる。夜のとばりの下りた中庭では蛾《が》が桑の木の周りを飛び回り、ときおり窓ガラスにぶつかっては鈍い音を立てている。フレーザーが慣れた手つきでギリシャワインのコルクを抜いて、グラスに少量注ぐと味をみた。「ちょうどよく冷えてる。さあ座って。自分で好きなだけ取って食べて」とふたりのグラスにワインを満たしながら料理を勧めた。

シンプルな料理だが、ニコルは昼食をたっぷり食べたにもかかわらず、おいしくてたくさん食べた。

「ところでサムはどうしてる？」ワインを口に含むとフレーザーが言った。

「元気よ。昔とちっとも変わってないわ。もちろん年は取ったけど。忙しすぎて、このごろではめったにヨットにも乗らないの。もっと休んだらって言うんだけど、忙しくしてるのが好きらしいわ」

「もうすっかりサムの片腕になったのかい？　よく仕事ができそうだ。保険金詐欺を企《たくら》む連中にはさぞかし手ごわい相手だろうね。実地調査はきみの担当？」ニコルもそうだがフレーザーはほとんどサラダばかり食べている。さくさくとした歯ざわりがたまらなくおいしい。

「外へ出る仕事のほとんどは私が引き受けて、サムはオフィスにいることが多いわ。あいかわらずの頭脳明晰《めいせき》、もっともすぐにお疲れだけど！」

「いまだにサムが大好きとみえるね」

「嫌いになるとでも思って？　サムにはどれだけ感謝してるかしれないわ。父親以上によくしてもらって……」

「ほう、感謝してるとその人が好きになるというのは気づかなかったなあ」フレーザーは皮肉っぽくにやりと笑った。

「まあ」ニコルはきっとしてフレーザーをにらんだ。「違うわ。私は心からサムを敬愛してるし、同時にサムに深く感謝してるってことだわ。それに、全幅の信頼をおける人がいるってとても幸せなことだと思うわ」

「そのとおりだね」さっきとはがらりと口ぶりが変わった。フレーザーは考え込んだようにニコルの目をじっと見つめている。

心の中が見えたらいいのに……。ニコルもフレーザーを見つめ返した。彼の持つまったく別な二つの顔。どちらが本物の彼なのだろう。ニコルは考えあぐねていた。かつては彼をサムと同じように信頼できる人間だと思ったこともあった。しかしやがてそうでないことを知らされるときが来て、自分はひどく傷ついた。しかし年齢を重ねて強くもなった今では、みずから同じ轍《てつ》を踏む心配はなかった。しかしもし傷ついてまでも誰かを愛するとしたら、この男以外にないことをニコルは心の隅で悟り始めていた。そして少しずつ彼を信じたい気持がふくらんできて、彼に対する警戒心がうすらいできている。こんな自分自身をニコルはもっとも危惧《きぐ》していた。フレーザーと一緒にいると、つい苦い過去も忘れて、彼の魅力にぐいぐい引き込まれてしまう。気を許すとすぐにでも再び激しい恋の炎がめらめらと燃え上がりそうだった。

「つきあってる男は?」フレーザーがきいた。

「ずいぶん立ち入った質問ね」

「きみのほうこそ二分おきに立ち入ったことをきくじゃないか」フレーザーは揚げ足を取

るとにやりと笑った。

「あなたのほうは絶対に答えないわ！」

「答えられるような質問をしないからだ」

「それなら何をきいたら答えてくださるのか教えて欲しいわ」挑むようにニコルが言うとフレーザーはからかうように笑った。

「いいとも、教えてあげるよ。きみを美しいと思っているかどうかきいてごらん、それにぼくがきみをベッドに誘いたいと思っているかどうかも。即座に答えてみせるから」

ニコルは声を立てて笑った。「答えてみて。私の知りたい真実についても即座に答えられるなら」

「真実が知りたいのかい？　きみは観念的なロマンティストかまぬけのどちらかだね。いまだに月を見て涙なんか流してるんじゃないのかい？　もしもぼくが真実を知っているとしても、そうすぐには話すことはできないさ。知っている証拠の一片ずつをていねいにはかりに載せて、それからさらに検討を重ねて周りを固めなくてはならないからね。ところでニコル、知っているなら真実という言葉の意味をぼくに教えてくれないか？　教えてくれるならぼくの右腕を切ってきみにあげてもいい」

ニコルは驚いてフレーザーを見つめた。急にどうしたのだろう。ニコルがいぶかしげに見ているとフレーザーは急に口をつぐんで、顔をしかめてみせた。

「すまない。ぼくだけに関することならなんでも答えるよ。しかしかかわりのあった人を傷つけたくはないんだよ。罪のない人たちまでトラブルに巻き込みたくないからね」

「たとえばイレーナ・ブルラミスとか?」

フレーザーの顔がとたんに険しくなった。「なんてことだ、けしからん」フレーザーは自分の皿を押しやるとすっくと立ち上がった。「フルーツ、それともチーズ?」そっけなくきくとパーコレーターを火にかけに行った。

「フルーツをいただくわ」ニコルは答えた。

フレーザーはふたりの皿と残った料理を下げると、大きな木のボウルに盛ったフルーツをテーブルの上に置いた。ニコルはオレンジを取って皮をむき始める。フレーザーがフェッタチーズを持って戻ると再びニコルの前に座った。

「あなたのご本、おもしろく読ませてもらっています。読んでいると、まるであなたが読んでる声が聞こえてくるみたいなの。すごい作家ね、あなたは」ニコルはまじめな顔を向けた。

「そうかい、ありがとう」そっけなく言ってフレーザーはコーヒーをいれに再び席を立った。「ここで飲む? それともあっちで音楽でも聴きながらにするかい?」ニコルのカップを持ってくると言った。

「あなたのいいほうでかまわないわ」ニコルはせっかく持ち出した本の話を一蹴《いっしゅう》されて

むっとしていた。ほかにフレーザーが気を許しそうな話題はないものかしら、ニコルはあれこれ思いを巡らした。

「どうかしたの？　憂うつそうな顔をして」

「どうしてあなたはそんなになんでも隠したがるの？　本のこともきいちゃいけないの？」

「ごめんごめん、そうじゃないんだ。きみの言ってくれたことがうれしかったものだから」日焼けした顔にブルーの目が照れたようにきらきらと輝いている。ニコルは機嫌を直すとカップを持ってフレーザーとそろって居間へ行った。ニコルは深々とした布張りのいすに腰を下ろした。さっきは本やレコードが散らばっていたのに片づけたとみえて、部屋がきれいになっている。

「どんな音楽がいい？　ジャズが好きだったね、確か」ステレオの前でフレーザーが言った。

「ええ今でも好きよ」

「ビリー・ホリデーはどう？」

「素敵だわ！」ニコルがうれしそうに答えると、フレーザーはLPに針を落とした。大好きでいつも聴いていたなつかしい曲が流れ始めた。フレーザーは床に座ると抱えたひざの上にあごをのせてニコルの顔を見て何か考えているようだった。

「せっかくこうして会ったんだ、休戦するわけにはいかないかい？　二週間しかいないのに、忘れたほうがいいことを調べたりして時間をむだにするつもりかい？」

ビリー・ホリデーがベルベットのような声でブルースを歌っている――〝意地悪なのね、あなたって……どうして私につれなくするの？〟

「もうじき書き終える本のこと聞かせて欲しいわ。書いてる途中の作品のことを話すのはいやかしら？」

「ぼくはきみのことを聞きたいな、この八年間どうしていたのか。勇ましい女兵士になったのはわかったけれど」

「もう話したわ。サムと仕事してたのよ」

「それだけ？　もっとほかにもあっただろうに」

「たとえば？」

「そう、恋人とか。ベビスとはどうして結婚しなかったんだい？」唐突な言葉にニコルの開いた口がしばらくふさがらなかった。

「ベビスとですって？」

「そうさ、ベビスとだ。いったい何がまずかったんだい？　どうして彼とゴールインしなかった？」

「ちょっと待って！　ベビスと私が？　とんでもないわ、何か勘違いしてるんじゃない？

私はメラニーと一緒のとき以外、ベビスとはつきあったことなんか一度だってないわ」

「メラニーからはきみが彼と結婚するつもりでいるって聞いていたが……」初めて耳にする言葉だった。ニコルは顔をしかめた。急に脈はくが速くなり耳にびんびん響く。

「まさか！　うそよ、そんな話」ニコルはそう口では言ったものの、心の中ではフレーザーの話を信じていた。急に過去にぱっと光があたって、いろいろなことが鮮明に見えてきた。

「きみとベビスが愛し合っているのに、まだ若すぎるからと言ってサムが結婚を許さないんだってメラニーからは聞いてたよ。だからきみはしばらく待っているんだとも聞いた」

「メラニーから聞いたのはいつのこと？」いったいいつそんなことをフレーザーの耳に吹き込んだのだろう。メラニーがフレーザーとふたりきりになったことなどニコルの記憶にはなかった。

「パリでだ」フレーザーが言った。そうだわ、そういえば、確かに彼女、パリでフレーザーに会ったと言ってたわ。でも、あれはフレーザーが私をすっぽかした後のことだったと思う。

「あの日、ぼくは取材で急にパリへ飛ぶように言われた。翌日きみとのデートがあったけど、会社の命令じゃ行かないわけにはいかなかったんだ。それできみに電話をしたんだよ」

「えっ？　電話を？」ニコルの目がきらりと光った。

フレーザーはうなずいてみせた。「きみは風呂にはいっていたか何かで、代わりにメラニーが出て、きみに伝言するって……」

「聞いてないわ」ニコルは愕然《がくぜん》とした。そんなひどいことをしておきながら、メラニーはそしらぬ顔であの晩ずっとにこやかにダンスをしていたなんて！　そういえば、ベビスに何かさかんにひそひそ話をしていたっけ。何一つ疑ってもみなかった……。

「伝わってなかったのかい？」フレーザーはニコルをじっと見つめてはいたが驚いた様子はなかった。「飛行機の搭乗案内が始まっていて、きみを待っている時間がなかった、ヒースロー空港からかけてたんだよ。パリのホテルに着いてすぐ電話したら今度はサムが出て、きみはベビスと出かけてるって言ったんだ」フレーザーは眉をしかめた。

「メラニーも一緒だったわ」ニコルは茫然《ぼうぜん》として言った。

フレーザーはニコルの声が聞こえなかったように低い声で話を続けた。「その後の二、三日は忙しく駆けずり回っていた。しかし二度きみに電話を掛けた。二度とも留守だった。サムも留守だったんだろうね、誰も出なかったから。そうしたところへひょっこりメラニーが現れたんだ。友だちに会いに来たと言って」フレーザーはニコルの目を見ると苦々しそうに顔をしかめた。「もちろん、そんなこと信じるほどぼくだってばかじゃない。しかしメラニーはぼくのことできみとベビスが迷惑してるって言い出したんだ。サムはぼくを気に入ってくれていてきみにしきりにぼくと会うように勧めているとも。そのおかげできみがベビスに会えなくなってると、ひどくきみに同情的に話すじゃないか。しかもきみはぼくを傷つけたくなくて本当のことを言い出しかねているとまことしやかに言ったんだ」

「まあ、なんてことを！」ニコルは震える手で顔を覆った。メラニーのひどい仕打ちと、それに気づかなかった自分のあまりのうかつさに腹が立ってしかたなかった。あのときは傷心のあまり、フレーザーのことで頭がいっぱいで、メラニーを疑う余裕などなかった。メラニーからフレーザーとの結婚を打ち明けられたときでさえ、フレーザーのほうを恨んだほどだった。

「メラニーの話を聞いてぼくはきみに触れた夜のことを思い出した。そしてなるほどと思ったんだ。あのときぎみは叱《しか》られた猫みたいに体をこわばらせていたからね……」フレーザーはつぐんでいた口を重そうに開くと言った。顔がひどく青ざめている。

ニコルはフレーザーから目をそらした。私はメラニーのうそにまったく気づいていなかったのかしら。いや、そうではなかった。メラニーの言葉にうそがあることは、直感でぴんときていた。どう仕組んだかまではわからなかったが、メラニーのしたことはわかっていた。それだからこそ結婚式にも出ず、その後会いもしなかったのだ。ニコルは心の中でそう自問自答した。「メラニーは親友だったのに……」声がかすれている。信頼していた友だちに裏切られた心の傷は深かった。

「メラニーには自分自身が一番大切だったんだよ。だから彼女にはほかの人はどうでもよかったし、必要ともしなかったんだ」フレーザーはらんぼうに言った。

ニコルは悲しみと怒りに震えながらフレーザーの方に顔を向けた。「メラニーがあなたにうそをついたのはわかったわ。でもあなたに真実を知る気があったのならサムにきくことだってできたのに。あなたはきかなかった。そしてよく確かめようともせずにメラニーの言葉をうのみにしたんだわ。立派な記者だと思っていたけど、それがあなたの取材のしかただったのね」

フレーザーの顔が怒りでさっと赤くなった。「真実はそうたやすいものじゃないと言ったはずだよ。それにまだすべてを話したわけじゃない。たとえば、彼女とその夜ベッドを共にしたことも……」ブルーの目が冷たかった。

ニコルは心が痛んだ。六年間も結婚していたふたりだ。今さらそんなことを聞いても驚くにはあたらないはずなのに、ニコルの胸に暗い衝撃が走った。震える口をぎゅっと結んだニコルの顔をフレーザーはじっと見つめている。

「後になってみると、あれはメラニーの仕組んだわなだった。一度メラニーを抱いてしまったぼくは、きみのところへは戻れなかった。ぼくにはきみがわかっていたから」フレーザーは苦々しく笑った。「そうだろう？　きみは決して許してはくれなかったはずだ。もしパリから戻ってメラニーとベッドを共にしたことを話したら、きっときみは今と同じ顔をしたことだろうね。ベビスとのことが本当であれうそであれ、その時点ですでにぼくはチャンスを失っていたんだよ」

「それで彼女と結婚したのね」ニコルはにべもなく言った。

「そうせざるを得なかった。妊娠したって聞かされて……」

「そう」ニコルが短いため息をもらすと、フレーザーはうなずいてみせた。

「それも結婚してからうそだとわかった。ぼくが彼女に会うのを渋っていたものだからそんな話をでっちあげたあげく、フラットには押しかけるわ、オフィスには電話してくるわの大騒ぎで、ついにぼくもたまらずに結婚するはめになってしまったんだ」

「それだけあなたに夢中だったんだわ、メラニーは」

「きみはメラニーのことが全然わかってないんだな?」フレーザーは気の毒にとでも言いたげだった。

ニコルは急にがまんできなくなって、腕時計を見ながら立ち上がった。「疲れたわ、そろそろ失礼してやすませていただきます。おやすみなさい」ニコルはフレーザーを残してドアへ向かった。

「おやすみ、ニコル」フレーザーは放心したように座っていた。

ベッドにはいると、ニコルは真実から逃げようとしている自分がいやでたまらなくなってきた。あまりにもつらい真実におじけづいているのだ。そんな自分が腹立たしかった。

もう八年も前のことだ。すべてが見る影もなく変わっている。そしてメラニーももういない。

自分からフレーザーをだましとったメラニーは当時まだ十九歳だった。おとなびた外観とはうらはらに内面はひどく幼稚な娘だった。その原因は、平気で家に愛人を連れてくる父親や、未成年のうちから酒びたりだったベビスにあった。しかもベビスはこともあろうにメラニーがまだ少女のうちからあやしげなパーティに連れ出しては酒を飲ませたり、時には麻薬も勧めていたふしがある。メラニーが妙におとなびてしまったのも無理はなかった。メラニーは欲しいものはなんでも手に入れられると思って育った。ことのよしあしも人生の本当の意味も知らない十九歳の娘だったのだ。そして二十五歳の若さで遠くへ旅立ってしまった。ニコルは心の痛みに耐えかねて何度も寝返りを打っていたが、いつのまにか眠りに落ちた。

目が覚めたときにはすでに日は高く、かなりの暑さだった。ニコルはだるい体をひきずってシャワーを浴びると服を着た。そしてはたとしまい込んであったアルバムのことを思い出した。そしてマットレスの下から引っぱりだしたとき、フレーザーがドアをたたいた。

「コーヒーはどう？　起きたような音がしたから。階下へ来るかい？　それともベッドで飲む？」

「下りていきます」ニコルはあわてて言うと部屋を片づけて階下へ下りた。掃除の人にアルバムを見つけられては大変だ。

フレーザーは台所のテーブルでコーヒーを飲んでいた。お皿の上には食べかけのロールパンが載っている。「よく眠れた?」フレーザーにきかれて、ニコルはこっくりうなずいて腰を下ろした。勧めてくれるパンを断って、コーヒーだけもらった。

フレーザーはギリシャの新聞を読んでいる。ふたりの間にしばらく沈黙が続いたが、おもむろにフレーザーが新聞ごしに言った。「二日酔いの人みたいに見えるけど、眠れたのかい?」

「ええ、ぐっすり」

「じゃ、悪い夢でもみたのかな?」ふたりの目が合った。黙っていてもそれがなんのことかお互いにわかっていた。

「覚えてないわ」フレーザーもメラニーのことで悪夢をみたことがあるのかしら……。目が覚めてあらためて考えてみても、メラニーを憎む気持は自分のどこにもなかった。おそらくメラニーの死が赦免状の役割を果たしているのかもしれない。さもなければ、メラニーの性格を考えて彼女のしたことを許せるおとなの度量が自分に備わってきたのだろうか……。メラニーはもともとは気のいい女性だった。

「今日はこれからどうする予定?」フレーザーは新聞を置いた。

「丘へ行って風車でも見てこようと思ってるの」ニコルはにっこりと笑った。ミコノスには白い石の風車がある。海に面した斜面でグレーの布製の帆が海からの強い風を受けて絶え間なく回り続けている。ミコノスの観光名所の一つだった。

「さてと仕事を始めるか。十時に掃除の人が来る。洗い物はみんな彼女がしてくれるから」フレーザーは立ち上がると皿を下げた。

ニコルはうなずいてみせた。「私、お昼はどこかのタベルナですませてきます。お邪魔だったら、そう言ってくださいね、私……」

「そんなことはない。ここではきみの好きにすればいいんだ。せいぜい休暇を楽しみなさい。それはそうと夕食は一緒に食べてくれるだろう?」ニコルが一瞬ちゅうちょするとフレーザーは急に笑顔でつけ加えた。「お願いだ」

「ありがとう。喜んでそうさせてもらいますわ」ニコルはにっこりうなずいてみせた。

十分後、ニコルはフレーザーの家を出た。すでに日は高い。道は日なたと日かげがくっきりとしている。ニコルは日ざしの中をゆっくりと歩いていった。えりの大きく開いたそでなしの黄色のコットンのワンピースが涼しかった。ニコルの横をひげもじゃの司祭が汗をふきふきすれ違っていった。ニコルの前をひとりの男が、グレーのズボンのポケットに両手を突っ込んでゆっくりと歩いていく。しばらく行くとニコルははっとした。あのパブロス・ブルラミスだ! 表情は見えないが体の動きから察するとどうやらしょげているようで元気がない。

パブロスが風車へ続く細い道を上り始めた。ニコルも後に続いた。急に風が強くなった。見るとパブロスの黒い髪はくしゃくしゃに乱れ、白いシャツが風をはらんでいる。やがて丘の上に出るとパブロスはさりげなく後ろを振り返った。そしてニコルとわかると急に顔つきが変わった。初対面だったが、小さな島のことだ、とっくにパブロスの耳にもニコルのことが伝わっていたに違いない。じっとニコルを見ていたかと思うとパブロスは急いで背を向けて去っていった。明らかにニコルを避けている。

ニコルは一番近くの風車に近寄った。つぎのあたった帆がばたばたと風にはためいている。白いミルが日の光を反射してまぶしい。丘の上には新しい別荘がちらほら見える。しかしどれにも人の気配がない。おそらく夏の間アメリカ人がやってくるだけなのだろう。海の方に目を向けると、きらきら輝く紺碧《こんぺき》の海と入江の両側から伸びた岬が美しい。思わず息をのむような光景だった。ニコルがぐるりと風車の周りを回ってくるとばったりと再びパブロスに出くわした。

「こんにちは、ブルラミスさん」ニコルは声を掛けてみた。どんな反応を示すか見たかったのだ。

彼はじっとニコルを見ると、あたりをぐるりと見回した。ふたりのほかには誰もいない。するとやにわにつかつかと歩み寄ってきた。「どうしてぼくたちをそっとしておいてくれないんだ！　あれは事故だったんだ、ただの事故だよ、それだけだ。彼女の兄さんにもそう言ってくれ。そっとしておいてくれと伝えて欲しいね」噛《か》みつかんばかりにそれだけ言うとパブロスはさっさと踵《きびす》を返した。ニコルは去っていくパブロスのすらりとした後ろ姿をあぜんとして見送りながらも彼の言ったことを反すうしていた。今の言葉の裏には何かが秘められている……。

8

町まで下りてくると埠頭《ふとう》でアドニに会った。どうやら一日じゅうここにいるとみえる。今しがた吹きだした風が町の細い道をトンネルでも通るようにびゅんびゅん吹き抜けていく。

「寒いんでしょう？　暖かいショールはいらない？」そでなしのワンピース姿のニコルにアドニがうまく話し掛けてきた。

ニコルは思わず笑ってしまった。アドニは観光客を店に引っぱっていってはコミッションを稼いでいるに違いない。「わかったわ。どこで買えるか知ってるんでしょ？」

「すごくいいショールだよ、すごくきれいで」満足そうな笑みを浮かべている。

ニコルはアドニの言うなりにショールを買った。どっちみち白いウールのショールが欲しかったところだ。「ねえ、アドニ、ホルト氏の奥さんを知ってたんでしょう？」埠頭へ戻るとニコルはさりげなくきいた。

「う、うん」とたんにアドニの顔から笑いが消えた。ふいをつかれたのか、とっさに出たのはギリシャ語だった。

ニコルは昨日と同じタベルナの前で足を止めた。テーブルに着くと覚えていたとみえてウェイターが愛想よく近づいてきた。すかさずアドニが何やらギリシャ語で彼に耳打ちした。ウェイターはこっくりとうなずいた。

「さよなら、ニコル」アドニは作り笑いを残してそそくさと去っていった。

チョークで書かれたメニューの中から、ニコルはトマトの肉詰めを選んだ。肉料理はこれしかなかった。

昼食の後、ニコルは教会に足を伸ばした。ぴゅうぴゅう吹く風とじりじり照りつける太陽から逃れるようにして中へはいると、そこにはひやりとした静寂の世界が広がっていた。黄色の細いキャンドルの列からは燃え尽きたばかりとみえてゆらゆらと煙が上がっている。大理石の床に足音を響かせながら石の壁に掛かっている聖像《イコン》を次々に見ていくうちに、メランコリックな気分になってきた。それは聖像の慈悲に満ちた黒い瞳のせいだった。ふとニコルの胸にこのひなびた島にひとりぽつんと取り残されたメラニーの姿が浮かび上がった。いったいフレーザーはなんの理由で彼女をここに閉じ込めたりしたのだろう……？観光客でにぎわう夏のほかはどんなに寂しい思いをしたことだろう。

結局、フレーザーはメラニーを愛してはいなかったのだ。愛していたと思ったこともあったが、どうやらそれは思い違いだったようだ。メラニーのことを話すあの口ぶりは、愛した女性を語る口ぶりとはあまりにもかけ離れている。愛してもいないならなおのこと、なぜメラニーを無理やりここに置いたのだろう。

フレーザーがこの島を好きな理由をあげるのは簡単だ。おそらく不毛の丘と白い家々のほかには風車しかないこの島の単純さが気に入っていたのだろう。しかもここには美しい海とそして自由な風がある。ヨット好きのフレーザーにはまさに天国だ。また、夜ともなればタベルナには男たちが集まり、政治好きのギリシャ人の血をたぎらせて世界の情勢を夢中で語り合うに違いない。フレーザーにとってはぴったりの場所だ。

家へ戻ってみると、門が開けっぱなしになっていた。中庭は暮れゆく太陽ですみれ色に染まっていた。玄関のドアを開けると中から何やら言い争うような声が聞こえてきた。早口のギリシャ語だ。さらに近づいて耳を澄ますと、声の主はフレーザーだった。ギリシャ語を流暢《りゅうちょう》に操っている。とすると相手の男はいったい誰だろう?

急にフレーザーの書斎のドアが勢いよく開いた。中から出てきたのはパブロスだった。つかつかと寄ってきてニコルの前でぴたりと足を止めると、憎悪の目でニコルをにらみつけ、そのあげくひと言も言わずに帰っていった。

「いつからそこにいたんだい?」部屋の中からフレーザーが問い掛けてきた。

「何を言い合っていたの?　メラニーのこと?」ニコルはさらりと言ってのけた。

「きみギリシャ語はどのくらいわかるんだい?」フレーザーは黒い眉をしかめている。

「パブロスとメラニーは、関係があったの？」あてずっぽうで言った言葉だったが、フレーザーの顔を見るとどうやら図星だったようだ。「あの晩、彼が一緒だったのね？　デロスでの密会の現場は誰にも見られなかったの？　いったい何があったの？　パブロスは事故だったって言ってたけど……どんな事故？　ふたりでけんかでもしたの？」ニコルはやつぎばやにきいた。

フレーザーは両手で顔を覆った。肩が緊張している。「よけいなお世話だ！　今さら過去のことをひっかき回して、いったいどうするつもりなんだ。まるで検事みたいじゃないか、次から次へ質問したりして！」

「私、本当のことが知りたいの！」たまらなくなってニコルは叫んだ。

フレーザーはくるりと背を向けると、つかつかっとカウチのそばに行ってそこにごろりと横になった。両手で顔を覆っている。ニコルもいすに腰を下ろしてフレーザーを見守った。

「ぼく自身、どこから話していいのかわからないんだよ」フレーザーは覆っていた手をどけるとおもむろに話し始めた。「結婚してロンドンに住んでいたころ、子供が生まれるなんてうそをついたメラニーに腹がたって、わざと仕事ばかりしていた。メラニーのほうはあいかわらずあちこちのパーティに出かけていってはベビスのまねをして悪いことばかり覚えてきた。ぼくがベビスが麻薬をやってるのをうすうす感づいたのもそのころだ」

ニコルは思わず息をのんだ。

「きみ、知ってたのかい?」フレーザーはニコルの方に顔を向けるとまじまじと見つめながら言った。

「そうじゃないかと思ったことがあるわ」

「ベビスって男は意志薄弱で自制心ってものがない」フレーザーが軽べつするのも無理はなかった。強いフレーザーの目には、さぞ軟弱な男に映ったことだろう。「ぼくは率直に彼にきいた。麻薬をやってやしないかってね。そうしたら、やってないやつなんかいないよと言って一笑に付したよ。そのときはちょうど最初の本が売れた後で、税金逃れの意味もあって、ぼくはメラニーを連れて国外へ出ることにしたんだ。ベビスから遠ざけるにはいいチャンスだとも思ってね。まさかすでに手遅れだとは思ってもいなかった……」

「えっ? 彼女、麻薬中毒だったの?」

フレーザーはうなずいてみせた。「それと気づくまでには少々時間がかかった。しかし気づくとすぐに医者に診てもらうように説得したんだ。それでようやく療養所にはいって、二、三カ月後にはすっかり治って出てきた。それ以来ぼくは彼女をここミコノスに置いて、もう二度と麻薬に手を出させないように監視することにした。メラニーはそれをとてもいやがっていたが、麻薬で針金のようだった体はみるみるうちにもとの健康体になっていった」フレーザーの口からため息がもれた。「彼女が幸福だったなどと言うつもりはない。

実際幸福ではなかったんだから。しかし少なくとも彼女は生きていた。もしロンドンでの暮らしをそのまま続けていたら、命などとうになかったことだろう。ぼくには正しいことをしているんだという信念があった。彼女を保護しようとしていたんだ」フレーザーはきちんと座り直すとニコルの目をじっと見つめた。「誓ってもいい。ぼくは決して彼女に復《ふく》讐《しゅう》したわけでも、冷たくしたわけでもない。ただだだっ子のような彼女がかわいそうに思えて、夫としての責任を精いっぱい果たそうとしただけのことだ」

「愛情なしに?」ニコルは冷たくきき返した。

「ああ、ぼくはメラニーを愛してなかった。愛してたふりをするつもりもなかった」フレーザーは顔をゆがめた。

「だまされたと思っていたのね?」

「いや、思ってただけじゃない。事実メラニーはぼくをだまして、わなにはめたんだから。ニコル、そんな目で見ないでくれ。ぼくは彼女を粗末になどしなかった。ベビスのように酒と麻薬で身を滅ぼさないようにしただけだ」

「あなたは彼女をここに閉じ込めて、警官みたいに監視してたのね」メラニーを思うと心が痛む。メラニーには確かに気ままで片意地なところはあった。しかしそれ以上に陽気ではつらつとしていた。小さなおりに閉じ込められて始終冷たい目で監視されることなど、彼女にとっては何にもまして苦痛だったに違いない。しかも自分のそばにいる唯一の男性に愛情のない目で見られていたなんて……。そんな状況に置かれてメラニーは何をしようとしたのだろう？　逃げようとしただろうか。連れ戻してもらおうとベビスに訴えたかもしれない。しかし、おそらくフレーザーが怖くて脱出しようにもできなかったのではないだろうか……。

「ここから逃げ出そうとしたら殺すってメラニーにおっしゃった？」

「とんでもない、そんなことを言うもんか！　ロンドンへ戻ったりしたら殺されに行くようなものだとは言ったかもしれない。しかしそれは脅しじゃなくて、警告だった」

メラニーが誤解したのだろう。それともフレーザーの言いかたがあいまいで、メラニーには脅しに聞こえたのだろうか。

「ニコル、メラニーだってぼくを愛してなんかいなかった。彼女は人を愛せる人間ではなかったんだ。ぼくにはいまだになぜ彼女があんなふうにぼくに結婚を迫ったのかわからない」

「私はわかるわ」ニコルはそっけなく答えたが、しばらく黙って自分の気持をさらけ出さずにすむ次の言葉を探していた。

「わかるんだったら、そんなにもったいぶってないで教えておくれ」フレーザーがじりじりしたように言った。

「あなたが逃げたからよ。逆にあなたのほうが彼女に夢中になったら決してあなたのことをそれ以上追おうとはしなかったはずだわ。メラニーのことだもの、あなたに〝ノー〟と言われて意地でもという気になったに違いないわ」

フレーザーはため息をついた。「きみの言うとおりだ。あんなことになるなら離婚するべきだったかもしれない。考えなかったわけでもなかったが、また悪い世界へ舞い戻ってはいけないと思って……。決して愛してはいなかったけれど、責任だけは感じていたんだ」

「パブロスとはいつから?」フレーザーは首を振るだけで答えようとはしない。

「ぼくとメラニーのことならなんでも話そう。しかしほかの人たちのことは言うわけにはいかない。きみは誰かがメラニーを殺したと思っているらしいが、はっきり言おう、そうではない。彼女は自滅したんだ。悲しいことだが、メラニーに味方して彼女のわがままを聞いてくれたのはベビスだけだった。ベビスは妹を愛していたからね。しかしそれは盲愛だったんだよ……。今では麻薬中毒で半分狂ってしまっているだろうが、彼女を思う気持は変わっていない。そのベビスが妹にしてやったことがどういう結果になってしまったかは、ぼくの口から言えなかった。話せば彼を絶望させることになる……。彼には真実を直視する強さなどないのはわかりすぎるほどわかってたからね」

「あなたにはできるの?」フレーザーは眉間《みけん》にしわを寄せてニコルを見つめ返した。「メラニーはあなたを愛していたんじゃなくて?」

「いや」フレーザーはきっぱり言った。「ぼくがわからなかったとでも言うのかい？」

「あなたはメラニーを愛してなかったのにどうして彼女の気持がわかるの？」

「ぼくだって人の気持ぐらいわかるさ」

「そうかしら……」ニコルが皮肉っぽく言うと、フレーザーの顔が急に曇った。口もとが自信なげに動いた。

「初めて会ったとき、きみはずいぶん幼かった」

「私の話はしたくないわ！　今はメラニーの話でしょう？　フレーザー、あなた、メラニーがあなたに父親像を求めているって感じたことはなかった？」

「いや」

「メラニーは父親の本当の愛を知らずに育ったの。あなたも知っているでしょう？　彼女があんなに人の気を惹《ひ》こうと躍起になっていたのも、無意識のうちに父親の関心を惹きたかったからじゃないかと思うの。子供ってそんなものではなくて？」

「ぼくには父親代わりをしている意識はなかったけどね。ニコル、きみはぼくを父親のように見てたのかい？」フレーザーは皮肉っぽく言った。「その可能性もあるな」ニコルは答えようとしなかった。「ニコル、きみは幸せ者だ」フレーザーが唐突に言った。「きちんとした環境に恵まれて、両親やサムから自信を持つことを教えられて育ったんだから。メラニーに比べたらきみは人間的にずいぶん成長してる」

「そう？　私はメラニーがうらやましくてしかたなかったわ。美人で人気があって、みんなが彼女を愛していたもの。彼女のほうこそ幸せ者だと思っていたわ」

「それはきみのまちがいだ」

「そうかもしれないわね。だけど、結果を見てものを言うのは簡単なことだわ」

「ところでニコル、きみはなぜここへ来たの？」フレーザーが落ち着きはらってきいた。「何を探ろうとしてるんだい？　それとも巡礼か何かのつもりなのかい、きみ自身のためのか、メラニーのための……」

「白状するわ。私、あなたにうそをついてたの。本当はベビスに会ったのよ。メラニーが亡くなったことは彼から聞いたの」

フレーザーは座り直すとニコルの目をのぞき込んだ。ニコルは問わず語りにベビスと偶然出会ってからのいきさつを包み隠さず話し始めた。フレーザーとメラニー、そしてメラニーとパブロスのそれぞれの間に何があったかわかった以上、今さらうそをつく必要もなかった。メラニーが自滅したというフレーザーの話は真実に違いない。しかし彼が妹を殺したというベビスの話はフレーザー憎しのうそなのだ。やはりベビスは麻薬を常用していたのか……。だからあの晩、頑として警察を呼ぼうとしなかった。ベビスは違う世界に生きていたのだ……。

「麻薬を買うには金がいる。それでやくざな連中とけんかにでもなったんだろう」

「私もそんな気がしたわ」

「ベビスはきみがここに来たことを知ってるのかい？　彼に言ってきた？」

ニコルは首を振った。

「なかなか慎重なんだね」フレーザーは感心したように言った。

「仕事がらそうならざるを得ないのよ」ニコルは苦笑した。

「ぼくはクールじゃないときのきみのほうが好きだよ」声が妙に優しい……。危険な予感にニコルはとっさに立ち上がった。しかし、ほとんど同時にフレーザーがニコルの前に立ちはだかった。

「夕食の前にシャワーを浴びてくるわ」声がうわずっている。ニコルの体の中に奇妙な感覚がわきおこっていた。

「でもそれもきみの魅力のうちかもしれない」ニコルを無視してフレーザーは話を続けた。

「表面は誰が見ても冷静でそつがない。敵に回すと恐ろしい女性だけど、内側は初めて出会ったときのきみのままに違いない。あのときのきみは今どこにいるのかい？」フレーザーに両手で頬を包まれて、ニコルは抗議のため息をもらした。

フレーザーの唇がそっとニコルの唇をとらえた瞬間、ニコルの体の中を稲妻が走った。

八年前、ニコルの体に火をつけたきり満たすことなく去っていったフレーザーだった。そのフレーザーに抱き締められて、ニコルは疑惑も、何もかもかなぐり捨てて厚い胸の中に溶け込んでしまいたかった……。ニコルは激しくフレーザーの口づけに応《こた》えた。優しい愛撫《ぶ》に全身が震える……。しかし、こんな甘美なときでさえニコルは質問を発せずにはいられなかった。ニコルの心を疑惑がかき乱していた。

「イレーナとは特別な関係なの？」うわずった声で口ごもるように言った。

「いや」目の色が変わった。今にも怒りが爆発しそうだ。

「それならなぜ」

「ニコル」フレーザーがらんぼうにニコルの質問を遮った。「いいかげんにやめてくれないか？　イレーナはパブロスにぞっこん惚《ほ》れ込んでいるんだよ。そんなことを聞いたら、驚いて目を回すよ」

「きいておきたかったの……わかるでしょう？　もしあなたがイレーナとそういう仲だったら、私……」

「興信所みたいなことはよしてくれないか。もっと女らしい気持になったらどうだい」フレーザーはニコルを見下ろしながら命令するように言った。「それともどうやったら女らしくなれるか知らないのかな」

ニコルはまっ赤になると声を出して笑いだした。涙まで出そうだった。「そうね、忘れちゃってるのかもしれないわ、どうしたらいいのか……」

「それなら再教育が必要だ」ニコルの言葉が終わらないうちにフレーザーはニコルの手首

をつかむと有無を言わせずに歩きだした。

「フレーザー、何をするつもり？　どこへ連れていくの？」答えようともせずフレーザーはどんどん階段を上り始めた。ニコルは引っぱられるままついていかざるを得なかった。

「言っときますけど、あなたとベッドを共にするつもりなんかないわ」フレーザーは答えようともせず、なおも手を引いてぐいぐいとニコルの部屋の方へ歩いていく。「私をなんだと思ってるの！　簡単にものにできるなんて思わないでください！　時と場所ぐらい選びたいわ。心の準備だって……」ニコルは抗議した。

ついにベッドまで連れられてきてしまった。ようやく手は放してもらったものの、フレーザーの真剣な顔を見るとニコルは口の中がからからになった。

「それなら心の準備をすればいいじゃないか。さあ、早く」フレーザーが太くて低い声で言った。

「えっ？　急にそんなことを言われたって……」ニコルは笑い飛ばそうとした。しかし口がいうことをきかない！　あわてて震える指で乱れた髪をとかすニコルの心の中は大きく揺れ動いていた。快楽への激情、そして用心深い理性。その二つが今ニコルの中でせめぎあっていた。

「おじけづいたのかい？」ばかにしたように言いながらフレーザーが迫ってきた。ついにぎりぎりの決断を迫られるときが来てしまった。ニコルは自分が怖かった。これほど激しくフレーザーを求めている自分に面くらっていた。快楽に押し流されようとしている自分が自分で恐ろしかった。

一歩、フレーザーが近寄った。「ちょっと待って……」尻ごみするニコルにフレーザーは首を振ってみせた。

「八年間も待ったんだ……」ゆっくりとニコルの肩を抱き寄せた。「初めて触れたとき、きみは臆病《おくびょう》な猫みたいに震えていたね。無理もない、あのときはまだ十九だったんだから……。しかし、もう今では立派な女だ。あれから何もなかったとは言わせないよ」

「とんでもないわ！」ニコルは小声で言った。事実そうだった。確かに何人かとデートして口説かれたことはある。しかしただの一度もこんなに激しい気持にはなれなかった。誰にも気を許したりなどしなかった。それなのに、今夜の自分は、フレーザーの腕の中に今にもくずおれようとしていた。しかもあまりにもあっけなく……。

思案顔でニコルの目をのぞき込んでいたフレーザーがニコルの胸に片手をすべらせてきた。そして唇をうなじにはわせながらも、もう一方の手でゆっくりとニコルを愛撫した。

「ニコル、きみにぼくを思う心がなければ、こんなに遠くまでは来なかったはずだよ」耳もとのささやきをニコルは否定できなかった。メラニーのことよりも、本当はフレーザーに惹かれてここまでやってきてしまったのかもしれない。八年の間、満たされぬ思いに苦しみながら追い求めていた相手はやはりほかならぬこのフレーザーだった。

「きれいだよ、ニコル。ぼくにはわかってたんだ。きみが美しくなるってことが」フレーザーがそっと唇を重ねた。ニコルは夢中でフレーザーの首にしがみついていた。激しい口づけに、ニコルは唇に痛みさえ覚えた。フレーザーの手がニコルの体をさまよっている……。やがて素肌にフレーザーの指が触れて、ニコルはいつのまにか服を脱がされていることに気がついた。「ニコル、ぼくが欲しい?」ベッドに倒れ込みながらフレーザーはきくともなくささやいた。甘い口づけの雨にニコルの体が震え、そして溶けていく。それがニコルの答えだった。

「私のことを考えたことある?」ひとりでに言葉がこぼれた。

「考えまいとしてきたよ」フレーザーの動きが止まった。「もう二度と会えないと思ってた。チャンスを台なしにしたことをどれだけ悔やんだことだろう。あのときききみがあんなに幼くさえなければ……。ぼくにはきみにどう接したものか自信がなかった。ことを急いできみを失うのが怖かったんだ。あの晩だって本当はきみを抱きたかった。しかしきみに嫌われるんじゃないかと思って……」

「おかしいわ……」ニコルは静かに笑った。

「そうじゃなかったの?」フレーザーが顔を上げた。

「ええ……」すぐあからさまには認めたくはなかったがニコルは即座に答えていた。「メラニーはどうやってあなたを誘惑したの?　あなたにはその気がなかったって言っていたのに、どうして……?」

フレーザーはふうっと大きなため息をついた。「酔ってたんだ」

「そうだったの……」ニコルの口もとが苦しげにゆがんだ。

「朝、目を覚ましたら横にメラニーがいたんだ。いまだにどうしてもその夜のことが思い出せないんだが、メラニーはぼくに抱かれたと言った……。そして現に彼女はぼくのベッドにいた……」

メラニーはうそをついたのかもしれない。

「本当かどうかって疑ってるんだろう? メラニーのうそじゃないかって。残念ながらぼくにはわからない。そしてわかりようもない。ぼくはときどきメラニーはうそと本当の区別がつかないんじゃないかと思うことがあるんだ」

「自分のベッドに彼女がいるのに気づいたときあなたはどう思ったの?」ニコルは眉をしかめてきいた。

「後ろめたさと腹立たしさでいっぱいだったさ。それなのに彼女のほうはけろりとして、大罪を犯したみたいな顔をするもんじゃないと言って笑ったよ。しかもぼくに迫ってきたんだ。ぼくはついに腹にすえかねてメラニーを部屋からたたき出した。ぼくの胸はきみを思うと悔しさでいっぱいだった。メラニーから聞かされたベビスとのことが本当であろうとなかろうと、ぼくはそのときチャンスを失ったわけだから。メラニーがぼくに抱かれたことをきみに吹聴《ふいちょう》することぐらいわかりきっていたからね」フレーザーはとてもつらそうに見えた。

「聞かなかったわ。あなたと結婚するって言いに来るまでメラニーはひと言もあなたのことは口にしなかったわ」

「そうだったのか……。それにしてもきみはぼくから連絡がないのを変だと思わなかったのかい？」

「どうだったと思う？」ニコルは非難するように言い返した。

「ああ、ニコル……」フレーザーはニコルをいとおしそうに抱き寄せるなり、片手で髪をなでながら、目から頬へと口づけをした。

ニコルはフレーザーのシャツのボタンをはずし始めると、フレーザーは震えるニコルの手をどけてみずから着ているものを脱ぎ捨てた。フレーザーの体の線がうす暗い部屋の中でぼんやりと見える。いつのまにか窓の外では風がやみ、静かに夜のとばりが町を包んでいた。

「こんなに体が冷たいじゃないか。暖めてあげる」肌を寄せてきたフレーザーがささやいた。

ニコルは情熱のおもむくまま、フレーザーにしがみついていった。巧みな口づけと指の動き……。ニコルの口から熱いため息がもれた。「フレーザー……」

「もう寒くはないだろう?」

「ええ。でも、……じらすのはやめて……」ニコルがかすれた声でささやくと、そのときを待っていたかのように、フレーザーはニコルをきつく抱き締めた。

やがてふたりは一つになった……。ふたりの体を歓喜が駆け抜けていく……。

「……ごめん」フレーザーが言った。

「……いいのよ、フレーザー」

フレーザーはいとおしそうにニコルの体を抱き寄せた。腰にあたった手のひらが温かい……。

「おなかすいた?」フレーザーが唐突に言った。

「そう言われたら、おなかがすいてきちゃったわ! 何か作りましょうか?」

「待って、シャワーを浴びて服を着るから。そうしたら一緒に階下《した》へ行って何か探すとしよう」フレーザーはしなやかな身のこなしでベッドを下りると床から服を拾い集めた。

「十分待ってくれ。眠っちゃだめだぞ」戸口からニコルに声を掛けた。

「今、起きるわ!」ニコルはフレーザーの出ていったドアをしばらく見つめていた。フレーザーの寝室に明かりがついた。私は彼を愛している。ニコルはしごく自然にそう思った。ミコノスへ着いた晩、ホテル・デロスの窓から偶然彼の姿を見かけたときに、すでにこうなる予感があった。八年間、暗い土の中でじっとこのときを待っていた愛の種が、今ついに明るい光の中で力強く芽を吹いたのだ。

ニコルにはフレーザーの告白が意外だった。彼が自信もなく、ちゅうちょしていたなんて……。常に自信に満ちた男だとばかり思っていたのに……。彼が思い悩んだりしようとは夢にも思っていなかった。

フレーザーが黒いジーンズにダークブルーのシャツ姿で戻ってきた。「のろまだねえ。とっくに服を着てると思ったのに」からかうように言ってぱっと明かりをつけた。夢見心地の目に急な光がまぶしかった。フレーザーに見つめられて、ニコルは裸の自分が恥ずかしくなった。

「ちょっと待って！　すぐだから」ニコルはベッドを抜け出すとシャワールームへ駆け込んだ。

「やれやれ、じゃ、先に行ってワインを出しておくからね」フレーザーは階下へ下りていった。

シャワーから上機嫌で出てくると、ニコルはからっぽの部屋でひとりうれしさに酔いしれていた。初めてデートにいくティーンエイジャーの女の子のようにいそいそと身じたくを整える。うすく透き通ったギリシャのブラウスに洗いたてのジーンズ、それに昼間買った白いウールのショールを肩に、ニコルは階段を静かに下りた。

うきうきしながら台所まで来るとフレーザーの書斎から話し声が聞こえてきた。自分が呼ばれたのかと思って足を止めて耳を澄ますと、ニコルは急に眉をひそめた。「彼女のことはもう心配しなくていいよ。大丈夫だ、イレーナ、ぼくが保証する。万事うまくいったから……」

9

あまりのショックにニコルの顔が一瞬のうちに凍りついた。たった今愛を確かめたつもりでいたのに……。

「そのとおり」きびきびとした声がドアごしに聞こえる。いかにも難問をみごとに解決し終わったような話しぶりだ。まるで自分を祝福しているようだ。ベッドに誘ったのは疑惑から私の目をそらすため以外の何ものでもなかったのだ。すべて計算ずくでしたことだ。その証拠にフレーザーは何一つ肝心なことは口にしなかった。「うん、そうだ、頭がいいね」フレーザーが笑って答えている。いったい誰のことかしら？　フレーザーのこと？　そうでしょうよ、どうせあなたは頭がいいわ。電話の向こうのイレーナも甘ったるい声を出してフレーザーを祝福しているに違いない。

フレーザーの声が英語からギリシャ語に変わった。ますます親しげに話している。いやなやつ！　ニコルは思わず心の中でののしった。

フレーザーと今顔を合わせるのはつらかった。自分がばかに見えてくる。ニコルは足音を忍ばせて部屋へ戻った。ベッドに腰を下ろすとフレーザーの言葉が胸によみがえってきた。〝興信所のようなまねはよせ〟——ごもっともなセリフね。私が核心に触れそうになって、あせって言った言葉なんでしょ？〝女らしくなれ〟ですって？女たらしがよく言うわ！腹いせに、ニコルは心の中で悪態をついた。

「おーい、ニコル。そんなところで何してるんだい？」突然の大声にニコルはぎくりとして座り直した。「ニコル、食べるの？食べないの？」フレーザーがどなっている。いったいどんな声を出せばいいのだろう。フレーザーに盗み聞きを感づかれては大変だ。彼の裏切りになど気づかぬふりをしておかなければ……。してやったりと思わせておけばいい。そのうちきっとしっぽを出すに違いない。そのときこそ容赦なく偽善者の仮面をはぎ取ってあげるわ！「ごめんなさい。今行くところよ！」ニコルは陽気に返事を返した。「そう願いたいね」フレーザーの声がはずんでいる。上機嫌なのも無理はない。うまくいったとさぞかしご満悦なことだろう。フレーザーの得意満面な顔を想像すると、ニコルは足が重かった。

部屋を出ながら、ニコルははたとアルバムのことを思い出した。見そびれてしまったが、後で必ず見なくては……。フレーザーはこのベッドへ再びやってくるだろうが、頭痛を口実に追いはらおう。とにかくこのわなから逃れなくては。そのためにはなんとしてもじょうずに芝居を打たなければならない。そしてそのうちきっと、フレーザーの鼻を明かしてみせよう！

台所へ行くと卵をほぐしていたフレーザーがちらりと後ろを振り向いた。さもいとおしげなまなざしだ。ろくでなし！　ニコルは内心そう叫んだが、口では「あなた《ダーリン》」と甘い声でささやいてフレーザーの頬にキスをした。

「だめだよ、誘惑したら。今はそれどころじゃないんだから。スパニッシュオムレツを作ろうと思ってピーマンとかトマトとか材料が買ってあったんだ。ゆでたポテトもベーコンもある」

「手伝わせていただくわ」ニコルはとびきりの笑顔を向けた。

「女らしくてなかなかけっこう」ニコルは鼻白む思いでその言葉を聞いた。「それじゃぼくがオムレツを作る間に、きみにはサラダをまかせよう。ドレッシングもたのんだよ」

「野菜は冷蔵庫？」ニコルの問いにうなずくとフレーザーは手際よくオムレツを作り始めた。「たいしたものね」野菜をていねいに洗いながらニコルは皮肉を込めて言った。

「ああ、うまいのは料理だけじゃないさ」フレーザーは思わせぶりに言うとみずから笑った。

確かにそうだわ……。ニコルはいつのまにかフレーザーの後ろ姿を憎悪とあこがれとが入りまじった不思議な気分で見つめていた。〝認めざるを得ないわ〟ニコルは今しがた自分を狂わせたフレーザーの巧みな愛撫《あいぶ》を思い返した。

「ゆっくり過ごそう、夜はまだこれからだ」ニコルは心を見透されたようで歯噛《が》みするほど悔しかった。「ニコル、皿を温めて！　もう二分でできるから」フレーザーはフライパンに卵を流し込んだ。「ドレッシングはできたかい？」

ふたりで仲よく料理する、情況が違えばさぞかし心はずむひとときだろう。イレーナとの話を耳にさえしなければ、今ごろはすっかりばら色気分で彼とベッドへ戻る時間を今か今かと待ちこがれていたかもしれない。ほかにもまだだまされていることがあるのだろうか……。ニコルはドレッシングで野菜をあえながらあれこれ思いを巡らした。こうなると今まで聞いた話だってどこまでが本当か、にわかに信じがたくなった。イレーナとの仲やメラニーとの結婚のいきさつもどこまで信じていいのだろう。すんでのところでフレーザーの術中にはまるところだった。しかし二度と同じ轍《てつ》を踏んではならない。こうなったら逆にねずみ取りからみごとにチーズを盗《と》ってやろう。そのためにもうしばらくはわざと腕をこまねいて、彼の出方をうかがうとしよう。

「用意はいいかい？」オムレツを器用に裏返すとフレーザーはニコルが温めておいた皿にじょうずに載せた。

「まあ、おいしそうだこと！」ニコルは大げさに驚いてみせたが、食べてみると本当においしかった。なかなかたいした腕前だ。

フレーザーがニコルのグラスにワインを注いだ。ふたりの間で赤いキャンドルの火が揺れる。フレーザーは自分で皿に取り分けたサラダをおいしそうに食べている。おいしいオムレツを口に運ぶうちにニコルはしだいに眠くなってきた。そしてフレーザーへの怒りも徐々にぼやけていく……。

「あくびばっかり。さっきからもう四回目だよ」

「ごめんなさい、私、疲れているみたい」ニコルはあくびを噛み殺しながら言った。

「もうだめかい?」フレーザーがにやりと笑った。

ニコルは思わず頬を染めた。「きっと、潮風のせいだわ」

「へえ、原因はそれだけかなあ」いやらしい言いかただ。

ニコルはむっとくるのをこらえて、声を出して笑ってみせた。「目の前にこんなごちそうがあるというのに眠くてしかたがないわ。それにしてもこんなにおいしいオムレツ、どこで習ったの?」

「スペインさ」フレーザーは一年前、本のキャンペーンで出かけたスペインの話をしだした。ニコルはまぶたがくっつきそうなのを必死でこらえて彼の話を聞いていた。

食後、フレーザーがコーヒーを飲んでいる間、ニコルはせっせとテーブルを片づけ始めた。

「ニコル、もういいから寝たらどう? 皿はぼくが洗ってあげる。ふらふらしてるじゃないか」よくもしらじらしくそんな優しいことが言えるものだ。ニコルは内心あきれかえっていた。

「でも……」ニコルは遠慮してみせた。「本当にいいの？　あなたは……」

フレーザーはニコルが言い直そうとした意味に気づくと優しく笑った。「いいんだ、ニコル。明日掃除の人が昼で帰れば、その後はもうふたりっきりさ」

「よかったわ」ニコルはフレーザーの首に腕を絡めた。本当は黒い髪を思いきり引っぱってやりたかったが、ニコルはそっとキスをするとおやすみを告げた。

階段を上る間も震えるほど悔しかった。あの態度！　優しくいたわるふりなんかして……。とんでもない男だわ。それにしてもあの役者そこのけの演技力！　生まれもっての才能ね。

ベッドに戻ると、どっと眠けが押し寄せ明かりを消すが早いか、ニコルは夢うつつの世界に引き込まれていった。疲れた頭で今日一日のことを振り返ってみたが、どれもこれもあいかわらず混沌《こんとん》として霧の中に埋もれている。

心の中に奇妙な情景がぼんやりと浮かんできた。あっ、メラニーだわ。笑っているのはパーティの席らしい。おや、自分とフレーザーがごった返した部屋の中で見つめ合い、低い声で話をしている。フレーザーの指が自分の手にそっと触れて、体の中を欲望が走り抜けていく。そのときどこからともなくイレーナが現れて、フレーザーとの間に割り込んできた。親しげに話しかけるフレーザー。ニコルはいたたまれなくなってその場を離れた。

急に場面や出てくる顔がくるくると変わって、ニコルははっとして夢から覚め、起き上がった。そうだわ、アルバムを見るんだった……。しかしそう思ったのもつかの間、ニコルはまたうとうとと夢の世界へ引き戻されてしまった。

翌朝、きらきらしたばら色の光の中で目を覚ますと、中庭の桑の木から小鳥たちのかわいい声が聞こえてきた。はっと気づくとフレーザーがベッドに腰を下ろしている。そういえば、誰かに揺り起こされたような気がしないでもなかった。

「すごい寝相だね、見てごらん、ベッドがくしゃくしゃだ」フレーザーは笑いながらニコルにコーヒーを差し出した。

ニコルは起き上がるとカップを受け取った。フレーザーの目がうすいシルクのネグリジェからのぞいている肩から胸のふくらみにかけてのたおやかな線をゆっくりとなぞっていた。

「きょうは仕事せずにすんだらなあ」フレーザーは不満そうにつぶやくと、おもむろにかがみ込んでニコルの胸の谷間に唇を寄せてきた。「きみはばらのにおいがする、それにばらの味も……」

「ばらってどんな味？」ニコルの体は甘い震えに襲われていた。

フレーザーが笑った。「知ってるかい？〝ばらはつぼみのうちにつめ〟っていうの」

「ええ。でもばらにはとげがあるのを忘れないで！」ニコルはそう言ってフレーザーを押しのけた。これ以上続くと自分を見失ってしまいそうだった。

フレーザーは渋々体を起こすと、乱れた髪をすばやく直した。日焼けした肌やたくましい首筋が朝の光に輝いている。ニコルはフレーザーが欲しかった。フレーザーの口づけの跡が甘く熱くうずいている。ほかの誰にも感じたことのないこの激しい心の高まりにニコルは翻弄《ほんろう》されかけていた。

「ついさっき出版社から電話があってね、それとなく尻をたたかれた。締め切りがすぐなんだ。ニコル、すまないけど、きょうはひとりで過ごしてくれるかい？　夜までに片づけたいんだ。そうすればその後は晴れて自由の身だからね！」フレーザーはしなやかにゆっくりと立ち上がった。

「デロスへ行ってみるわ」

「デロス？」急にフレーザーの顔から笑みが消えた。「きょうは遺跡は閉まってるよ。ぼくが案内してあげるから待っておいでよ。デロスのことは自分の庭以上に詳しいんだから」

「わかったわ、そうします。それなら午前中日光浴でもして午後はヨットでミコノスの周りを回ってくるわ」

「それがいいよ。海からじゃないと近づけないきれいなビーチがいくつかあるんだ。海図はあるのかい？　ぼくのを貸そうか？」フレーザーに笑顔が戻った。

「ええ、お借りするわ。あなたの海図のほうが詳しそうね」ニコルは無邪気さを装った。

フレーザーは、まだ未練がましくニコルの体を見ている。「ニコル、そんな目でぼくを誘惑しないでくれ、そうでなくてもきみのベッドに飛び込みたいんだから」フレーザーはそう言って笑った。

誘惑してるですって？　この目が？　とんでもないわ！　どうせ誘うならベッドじゃなくて、崖っぷちにするわ。しかも飛び込まなくても、私がちゃんと突き落としてあげる！

「フレーザー」ニコルはわざととろけるような甘い声を出した。しかも透き通ったネグリジェ姿を悩ましげにベッドに横たえてみせた。

「朝食にしよう」フレーザーは早口で言った。誘惑に打ち勝とうとしているような言いかただった。

「五分で行くわ」

「五分だって？　本当かい？　十分だってあやしいものだね」フレーザーは戸口で立ち止まるとニコルを振り返った。ニコルはあわてて取ってつけたような笑顔を見せた。「早くしたくしないとそのベッドにはいり込むぞ！」フレーザーはからかうように笑って部屋を出ていった。閉まったドアにニコルは悔しまぎれに枕《まくら》を投げつけた。

シャワーを浴びて、身じたくを整えた。ジーンズとTシャツを白でそろえ、口紅はピンク。階下《した》へ下りるとフレーザーはギリシャ語の朝刊を読んでいる。ラジオからはギリシャの音楽が流れていた。

フレーザーはニコルに気づくとちらりと腕時計に目をやった。「これは奇跡だ！　まだ七分しかたってない！」と大げさに言った。

ニコルは笑顔を絶やさないように気を引き締めながらコーヒーを注ぐと、オレンジをむき始めた。しばらくその器用な手つきに見入っていたフレーザーが、アテネからのニュースをすらすらと英語に直してニコルに聞かせ始めた。ニコルはオレンジを食べながらおとなしく耳を傾けているふりをしながら、心の中では危険なことを考えていた。

「さてと、そろそろ仕事をするか。書斎においで、海図をあげるから」フレーザーは腕時計を恨めしそうに見て席を立った。

テーブルを片づけて後を追うと、フレーザーは戸棚の中の海図の山をひっかき回していた。「このあたりの海はよくわかってて、いちいち海図なんか見ないから……」振り向きもせずに必死になって捜している。「ああ、あったあった」フレーザーはほっとしたようにニコルに海図を渡した。

「ありがとう。必ず後で返すわね」

「気をつけて行くんだよ」フレーザーはニコルを軽く抱き寄せるとまぶたと唇にキスをした。「さあ、行った行った、仕事の邪魔だ！」フレーザーの笑顔にほほ笑み返してニコルはゆっくり歩きだした。唇にフレーザーのキスの感触が残っている……。「くれぐれも気をつけて」フレーザーが念を押した。

「はい。十分気をつけるわ」

「きみを失うのはごめんだからね」

「大丈夫よ」ニコルは明るく答えてみせた。よく言うわ。心ではこのままいなくなればいいって思っているくせに。そのくらい私だってとうにお見通しだわ。

愛する心と憎む気持のはざまでニコルの心は救いを求めて叫んでいた。どうしてここまで来てしまったのだろう。フレーザーになど、会うんじゃなかった……。

埠頭《ふとう》では漁師たちが話しながら網を直していた。通り過ぎる娘たちの品定めをしていた若者たちが、ニコルを見るなり口笛を吹いた。ニコルは知らん顔で通り過ぎた。今は誰とも口をきくのがうとましかった。早く青い海に出てさわやかな風に吹かれたい。ニコルはヨットを出した。

「おーい、ニコル！」ウィリアムが手招きしている。風で茶色の髪は乱れ、シャツがぱたぱたと揺れている。「約束、忘れないで！」ウィリアムが大声で言った。

ニコルは手を振ってうなずいてみせた。「大丈夫、後で行くわ！」両手をメガホンのようにして叫んだ。

「正午に！」ウィリアムの方を見ると埠頭じゅうの男たちの目が彼に注がれていた。しかしウィリアムが彼らの方に向きを変えるといっせいに目を離して知らん顔をきめ込んだ。

あまつさえウィリアムがそばを通っても誰ひとりとしてあいさつさえしようとしない。どうしてミコノスの人たちはああも彼を嫌うのだろう。ニコルは青い波の上にヨットを進めながら考えた。しかし考えてみれば理由は簡単だ。自分たちを軽蔑《けいべつ》している男に好意を持てというほうが無理なのだ。ここに住んでいながら、友だちを作ろうともしないし、ギリシャ語だってほんの少ししか話さない。おまけにあのぞんざいな態度では人々が近寄らないのも当然だ。

ニコルは島を背にして東に向かって海岸線をたどり始めた。右手に見えるはずのデロスの島陰はパールがかったターコイズブルーの霧に隠れて今は見えない。

一時間もすると霧が晴れ、太陽が明るく輝きだした。海面が日の光を浴びてきらきらと躍っている。ミコノスの不毛の岩山が青い空にくっきりとその姿を現した。

ニコルはヨットを操りながらメラニーとイレーナ、そしてパブロスとフレーザーのことを考えていた。この四人の関係がいまだにはっきりとはのみこめていない。誰も口を割りそうにない。自分ひとりでどうやってこのもつれた糸をほどけばいいのだろう。しかもフレーザーの言ったことが計算されたうそだとしたらすべてやり直しだ。やっかいなことに、情報が増えた分だけ謎《なぞ》はなおさら深まっていく。ニコルはあせりを感じていた。

メラニーの姿が現れて霧に包まれながらすぐまた消えた。確かに今のはメラニーだわ。そう思っていると、またはるかな水平線にメラニーの姿が浮かんで、消えた。その姿はぼつんとひとり寂しく謎めいていた。

もしかしたら謎を解く鍵《かぎ》はフレーザーにあるのかもしれない。メラニーとの結婚のいきさつを語ったときのあのあまりにも達者な口ぶり。彼のような男がそうも簡単にメラニーの計略に引っかかるものだろうか……。ベビスと自分がこっそり愛し合っているというメラニーの言葉をあまりにも簡単にうのみにしたのも、彼らしくない。フレーザーは自分でもよくわからないままにメラニーの言うことをふらふらと信じてしまったと、まことしやかに言っていたが、そんなことがあの彼にあり得るだろうか……。不確かさなど彼の人生には無縁のはずだ。事実、八年前には、フレーザーはあんなにも自信にあふれていたではないか……。ニコルは崖から舞い下りてくるかもめを見ながらフレーザーに対する新たな怒りを覚えた。

腕時計を見ると、そろそろ港へ戻らなくてはいけない時間だ。水平線に白いものがぼんやりと見えた。ミコノスにやってくるクルーズ船に違いない。春も間近。ここミコノスではぼつぼつ観光シーズンが始まろうとしていた。狭い通りの小さな店々やタベルナに観光客がすずなりになるのもそう遠くはないだろう。

ニコルは陸に上がると、一番近いタベルナにはいった。ゆっくりコーヒーをすすっていると大きなかごを抱えたイレーナが通りかかってニコルに気づくとにっこりと笑いかけてきた。意外にも心からの笑顔のように見える。

「フレーザーの本はきょうで上がり?」イレーナが足を止めた。

ニコルは黙ってうなずくと彼女のかごをのぞき込んだ。

「お買い物?」

「うちのだんな、魚がまったくだめなんですよ。何日も魚ばっかり見てるから! やれラム、やれビーフだってまったくうるさいったらありゃしない」イレーナは笑ってみせた。すっかりうちとけた態度だった。「ここで食事を?」イレーナがチョークで書かれたメニューを目にしてきいた。

「いいえ、ちょっと……」ニコルは言った。「コーヒーを飲みながらウィリアム・オールドフィールドを待ってるところなの。これからデロスへ連れていってもらうのよ」ニコルはイレーナの表情を注意深くうかがった。

「デロス?」みるみるうちに顔がこわばった。うまく引っかかってきた。ニコルはえさに魚がかかったような興奮を覚えた。

「ええ。たいそうおもしろいことがありそうでしょう? そう思わない?」ニコルがすまして笑うと、イレーナは戸惑ったようにニコルをじっと見つめ返した。

「私、もう行かなくちゃ」イレーナは落ち着かない声で言うと、そそくさと立ち去った。

ニコルがコーヒーを飲み終えるとちょうど、こちらへやってくるひょろりとしたウィリアムの姿が見えた。古いジーンズの切りっぱなしのショートパンツにブルーのTシャツを着ている。ニコルはテーブルに何個かコインを置くとタベルナを出てウィリアムのところへ急いだ。

「ライフジャケットを持ってきましたか？」ヨットへ向かいながらウィリアムがきいた。

「あら、忘れてきちゃったわ。ちょっと待ってて、すぐ取ってくるから」ニコルは自分のヨットに駆けだした。ほどなく戻ると、ウィリアムはオレンジ色のライフジャケットを装着している最中だった。

ニコルはヨットを操るウィリアムを意地悪い目で観察しだした。腕は悪くない。しかしセーリングを楽しめるタイプではなかった。セーリングのスリルに満ちた本当の楽しさなど知らないに違いない。自分やフレーザーとはそこからしてまず違う。フレーザー……思わず彼の名が心に浮かんでニコルは眉をしかめた。

「三十分もすればデロスです」強い追い風を受けながらヨットは快調に進んでいた。「お弁当を持ってきたから風の静かな場所でピクニックをしましょう」ウィリアムが話すうちにもヨットはどんどんデロスに近づいていた。

初めは海の上に浮かぶグリーンと茶色の小さな斑点《はんてん》でしかなかったデロスも近づくにつれ島らしい姿を現した。端から端まで歩いても三十分はかかりそうもない。こんなちっぽけな島が古代何世紀にもわたって栄えた商業の中心地だったとは！　そればかりかデロスはアポロン神殿に代表される信仰の島でもあった。光と予言、そして哲学と音楽の神アポロン。デロスはそのアポロンの生まれた島なのだ。

「アポロンの生誕の地とされるところにはやしの木が植わってましてね。アポロンはやしの木の下で母レトから生まれたとされているんです。ですから、そこには時代を超えて常に一本のやしが植えられてきたんです。その聖なる木の下にはかつて巡礼の人たちが貢ぎ物を置いていったそうですよ」ニコルの考えに割り込むようにウィリアムが得意げに言った。

切り立った崖と砕ける波以外に何も見えない。ビーチなどいったいどこにあるのだろう……メラニーはどこで溺《おぼ》れて死んだのかしら……?

「あそこがフルニアの入江、きみの友だちの服が見つかったところですよ」ウィリアムが急に言った。

ニコルは船べりに寄るとウィリアムが指さした入江に目を向けた。ビーチとは名ばかりの小さな砂浜にすぎなかった。想像していたのとはあまりにも違う。やはり来てみて正解だった。それにしてもここから見えるものといえば茶色い岩と白い砂、そして紺碧《こんぺき》の海だけ……。

その晩、メラニーはこんなところで何をしていたのだろう? 果たしてひとりだったのだろうか。そうでないならいったい誰と? 問いかけてみてもデロスは何も答えない。明るい太陽の下で謎の微笑を浮かべるだけで何も教えてはくれなかった……。

ニコルはウィリアムと小さな突堤に上がった。遺跡の入口は歩いてすぐのところにあった。ウィリアムは赤いギンガムを掛けた柳のバスケットを大切そうに抱えている。ウィリアムがふたり分の入場料を払うと門番の男がグリーンのチケットを差し出した。

ゲートをくぐり抜けるとニコルの目の前に平らな島の景色が広がった。乾いた土地を青々とした草が覆っている。この草も、二、三カ月もすればすっかりひからびて黄色になってしまうだろう。視野の端に高さ百メートルほどのキントス山が見える。手前の草むらには崩れた石壁が日の光を反射して横たわっていた。何一つ遮るもののない廃墟の上に太陽が容赦なく照りつけてくる。しかしミコノスより強い風が暑さをさほど感じさせない。

ニコルはうなじのあたりに鋭い戦慄《せんりつ》を覚えた。今自分の目の前に広がるこの光景がメラニーの見た最後の景色なのだ……。どこまでも青い空に、アポロンの残した永遠の光が時代を超えてさん然と輝いている。確かにここはかつて、そして今もなおアポロン神のふるさとなのだ。輝く島デロス。この永遠の中にメラニーは何を見、そして死んでいったのだろう。

「神殿から先に見ようか?」ウィリアムが声を掛けた。みずから買って出たガイド役を楽しんでいる様子だ。「あれがアゴラ、市場の跡です。当時はこのあたりは狭い道の両側に家々が並んでさぞかし活況を呈していたことでしょう。デロスは商業の中心であるとともに、一方では聖なる場所として、掟《おきて》も厳しく守られていました。人々はここで死ぬことも埋葬されることも禁じられ、死を悟った者は島を離れなければならなかったんですよ。女も出産間近になるとミコノスかリニアまで行き、そこで子を産みました。それもこれもデロスがアポロンの生誕の地だからなのです。アポロン以外の子供が生まれることも、死ぬこともここではアポロンに対する冒涜《ぼうとく》なのです」ウィリアムは自分の知識を得々と披露した。

ニコルはたとえようのない奇妙な思いに胸が熱くなるのを感じた。メラニーが死んだのは、死を禁じられたはずのこのデロス島だったとは……？　ニコルは人間のはかなさを思った。

神殿からやしの木のある聖なる湖の方へ抜けた。崩れた石像がそこかしこに見える。神の像も人の像も同じように永遠を夢みるように草の中に転がっていた。

「これが有名なデロスのライオン」崩れた舗道を下りながらウィリアムが五頭の像を指さした。「おや、雨になりそうですよ」急に風が冷たくなって太陽も雲に隠れてしまった。

「なんてことだ！　そろそろピクニックを始めようと思っていたのに。ぼくは腹が減って死にそうですよ」ウィリアムがいまいましげに空を見上げた。

「降らなければいいけど……ここには雨宿りするところなんかないわ」

「まあ、降ってもにわか雨で、すぐやみますよ」ウィリアムが言い終わらないうちに、舗道の上にぽつりぽつりと大粒の雨が落ち始めた。ふたりは大急ぎで遺跡を駆け抜けると、屋根の朽ち落ちた家のところで肩を寄せるようにして雨が上がるのを待った。「もうそろそろ上がります」ウィリアムが言ったとおり、すぐに太陽が顔を出し、雨がぴたりとやんだ。「さあ、お昼を食べましょう」ウィリアムは待ちかねたように家の外へ飛び出した。

ヘラの神殿の遺跡の片隅に静かな場所を見つけると、ふたりは大きな石に腰を下ろして赤いギンガムの上にお弁当を広げた。フルーツにチーズ、ハニーケーキに干したいちじく。ウィリアムは瓶に水までつめて持ってきていた。しかもちゃんとコップも二つある。ウィリアムが口いっぱいに食べものをほおばりながら話を再開しなければ、さぞ楽しいピクニックだったに違いない。ニコルはウィリアムの話などどうわの空で一匹の蝶《ちょう》がかわいいピンクの花から白い水仙の方へ飛んでいくのを見入っていた。あたりにはふたりのほかはひとっ子ひとりいない。いつのまにかニコルはうとうとして、ウィリアムに注意されるまで近くに飛んできた蜂《はち》の羽音にさえ気づかなかった。

急にキントス山のグリーンの斜面から小石が落ちてきた。ニコルは驚いて見上げ、目をはっと見開いた。ウィリアムも目を上げた。キントス山をこちらに向かってひとりの若い男が下りてくる。ウィリアムとその男の目が合って見えない火花が飛び散った。

「あの人は誰?」ニコルはきいた。新しい別荘の住人か、それともウィリアムの知り合いのひとりかもしれない。

「ここで調査をしてるチームのひとり、とんだいんちき考古学者です」

「いんちき?」

「ああ、そうです。以前ぼくが見つけたものを見せたとき、明らかに五世紀のものなのに彼はもっと後のたぶんローマ時代のものだって言うんです。まったくたいした目をしてますよ。これでもぼくは……」

「なんという名前?」ニコルが口をはさむと、ウィリアムはむっつりとして、口をへの字に結んだ。

「知るもんですか。本人にきいたらどうです?」すねてぴしゃりと言った。

「そうね、それじゃそうするわ」

「おや、片づけを手伝ってくれないんですか?」すっくと立ち上がったニコルをウィリアムは不満そうに見上げた。

「すぐ戻るわ。オレンジでも食べて待ってて」ニコルはそう言い残して茂った草の中を歩きだした。黄色いきんぽうげや赤いアネモネが咲いている。足もとには春の花がいっぱいだった。ちらっと振り返るとウィリアムがひとりいじけたようにオレンジを食べている。ニコルはほっとした気分になった。初対面のときにはなかなかの好人物に映った彼も、こうして数時間一緒にいるとなんとなくグランドピアノでもかついでいるような重苦しい気分になってくる。ミコノスの人々が彼を敬遠するのも無理はない。とにかく退屈でかんにさわる男だ。

壊れた円柱をぐるりと回るとさっきの青年が廃屋の中で壁の寸法を計っているのが見えた。

「修復するんですか?」ニコルが声を掛けると青年は驚いたようにあたりを見回した。そしてニコルに気づくと、明るく笑った。

「そのとおり。あなたはどう思いますか? モザイクにするか壁紙をはるか……」

「私、ニコル・ロートンよ。あなたは考古学者さんね? そう聞いたわ」ニコルは手を差し出した。

青年はそばにやってくるとニコルの手を握り返した。「ヨルゴス・ブルラミスです。ぼくは……」彼はあぜんとしたニコルの表情に気づくと言葉を切った。「どうかしましたか?」

ニコルはじっとヨルゴスの顔に見入った。二十代の後半だろうか。黒い髪に黒い瞳。やせて血色がよくない。決してハンサムとは言えないが、かすかに哀愁が漂って、なかなか魅力的な顔立ちだ。「私、あなたのお兄さんを知ってるんじゃないかしら?」ニコルはゆっくりと言った。顔はまったく似てないがパブロスの弟に違いない。

「パブロスを知ってるんですか?」ヨルゴスはにっこり笑った。別に驚いたふうもない。

「オールドフィールドから紹介されたわけ?」彼の英語にはアメリカなまりがある。何年かアメリカにいたことがあるのかもしれない。

「フレーザー・ホルトによ」

「フレーザー？　フレーザーとも知り合いなんですか？」ヨルゴスの顔がぱっと明るくなった。「ミコノスにはどのくらい前から？　ぼくは何週間か留守にしていたものだから……。ここは冬の間は風が強くて調査どころじゃないんだけど、春になるとまたこうして戻ってくるんです」ヨルゴスは人なつこそうに話しだした。「ミコノスで何をしてるんですか？　パブロスは元気にしてましたか？　もう漁から戻ったのかなあ」

「イレーナの話だとご亭主はもう魚は見たくもないって言ってるそうよ。きっと大漁だったんでしょうね」

ヨルゴスはおかしそうに笑った。「パブロスはいつも魚のにおいをぷんぷんさせて帰ってくるんです。漁師はみんなそうだけど。ところでイレーナも子供たちもみんな元気？」

「ええ、私が知ってるかぎりではね。三人ともいい子供たちだわ。あなたはまだ独身？」

ヨルゴスの目がきらりと輝いた。「もうじきなんです。この五月には結婚するんだ。三年もおあずけだったんだから！　フィアンセのマリアがアテネの大学を卒業するまでは、どうしても許してもらえなくてね。マリアってとても頭がいいんですよ。将来は弁護士です。来年は夫婦ふたりでアメリカへ行こうと思ってます。彼女は大学院でぼくは仕事。とにかくすごい秀才です」ヨルゴスは手放しでのろけた。

「彼女に会いたいでしょう？」そう言いながらもニコルの心の中にはものごとがそううま

く運ぶものかという懸念があった。

「そりゃあ、もちろん会いたいですよ。特にここはこんな寂しいところだし。でもぼくはこの仕事が好きだから忙しくしてれば気がまぎれます」ヨルゴスは強がりを言って笑った。

「ところであなたはここで何をしてるんですか？　仕事で来たんですか？　あなたは作家？　それともトラベルガイド？」ヨルゴスはニコルを見て首をひねってみせた。「何をしてるんですか、ミコノスで？　もったいぶらずに教えてください」ヨルゴスはおどけてきいた。

「ぼくを訪ねてきたんだ」急に背後で声がした。フレーザーだ！　ニコルは緊張して振り向いた。笑顔を予想していたニコルの目に映ったのは、氷のように冷たい険しい目をしたフレーザーだった。

10

「フレーザー！　いやあ、驚いた。いったいどこから現れたんですか」ヨルゴスは元気よくフレーザーの両手を取った。「神殿でも見かけなかったし。山の上のキャンプからは見えたってよさそうなものなのに……」

「たった今着いたところさ」その声にニコルはぞっとするものを感じた。フレーザーはこちらをじっと見ている。ニコルは目を合わせないようにした。

ヨルゴスはそんなことにはおかまいなしにうれしそうに話を続けた。

「ヨットがこっちに向かってくるのが見えたけど、あれがあなただったんですね。それにしてもいいタイミングですね。ちょうど今彼女……、ええと、ごめんなさい、名前を忘れちゃって」ヨルゴスはニコルを見ると両手を広げ肩をすくめてみせた。ギリシャ人がこんなときよくするしぐさだ。

「ニ、コ、ル」フレーザーが代わりに答えた。まるで苦虫をかみつぶしたような顔をしている。

「そうそう、ニコルだ。今、このニコルにパブロスとイレーナのことをきいていたところなんです」

「すべてOKさ」フレーザーがそっけなく答えた。

そのとき遺跡の方から心配そうに呼ぶ声が聞こえてきた。「おおい、ニコル」

「オールドフィールドだな」フレーザーは冷たく言った。

「私、失礼します。またいつかお会いしたいですわ」ニコルはヨルゴスにだけほほ笑みかけた。

「ぼくも」ヨルゴスもほほ笑み返した。

明るい日ざしの中へ出ると、バスケットを抱えてうろうろしているウィリアムが見えた。ほどなくニコルに気づくとウィリアムは顔をぷっとふくらませた。そのあまりのこっけいさにニコルは吹き出しそうになるのを懸命にこらえた。

「いったいどこに行ってたんですか。おかげでずいぶん捜しましたよ」

「ごめんなさい。つい話し込んでいたものだから」

「すぐ戻ってくるはずじゃなかったんですか？　後片づけはぼくがひとりですませましたから。ここは大切な古代遺跡なんですよ。ブライトンのビーチと違ってちり一つ残すわけにはいかないんです。わかってるんですか？　それにここには今まで得た情報を確かめに来たんじゃなかったんですか？」ウィリアムは皮肉たっぷりに言った。

「風が冷たくなってきたわ。天気がおかしくなる前に早くミコノスへ帰りましょうよ」ニコルは腕をさすった。

「まだ半分も見物してないじゃないですか！」

「そうかしら？　見たいものはもう全部見たように思うわ」ニコルは冷淡に言った。フレーザーに追いつかれないように先を急ぎたかった。ウィリアムの目の前でフレーザーとけんかにでもなろうものなら、ミコノスへ帰りつくまでウィリアムのねちねちとした文句を聞かされるはめになる。

ニコルが歩き始めると、ウィリアムはぶつぶつ言いながらついてきた。内心、ウィリアムに悪いとは思ったがやむを得ない。

来たときと同じゲートをくぐると、わきの売店《キオスク》の絵はがきが目についた。心が動かないでもなかったが、ニコルはのろのろついてくるウィリアムをせきたてて急いだ。

「どうしてそんなに急ぐんですか？　天気だってまだ大丈夫ですよ」ヨットに飛び乗ったニコルにウィリアムは文句を言うばかりでなかなか乗り込もうとはしなかった。

「フレーザーが来てるのよ」ニコルはついにしびれを切らして急ぐわけを話した。

「それがどうかしましたか？」ウィリアムはじろりとニコルを見返した。そのおぞましい目つき。ニコルはさっきの遺跡の草むらで見たグリーンのとかげを思い浮かべた。

「ぼくと一緒だとまずいことでもあるんですか？　彼は……つまり、あなたは……」ウィリアムは言いよどんだ。フレーザーとの間がらをどうきいたものか迷っている様子がありありと見えた。

「彼と私？　ベッドを共にしているわ。さあ、ここで彼につかまったら、あなた、何をされるかわからなくてよ」

それを聞いたとたん、ウィリアムは転がるようにして乗り込んでくると、とも綱をほどいて出航の準備を始めた。その手際の悪さ。ニコルは見かねて手伝いながら、自分ひとりのほうがよっぽどましだと内心あきれ返っていた。ウィリアムがあわてたように急に何ごとかつぶやいた。見るとフレーザーがこちらに向かって駆けてくる。

あっという間に、フレーザーが乗り込んできた。ニコルはとっさにフレーザーの長い腕をさけて反対側の船べりに寄った。ウィリアムはわれ関せずとばかり身をすくめてことのなりゆきを見守っている。

「降りろ！」フレーザーがニコルの腕をらんぼうにつかんでどなった。

「あなたのほうこそ降りて！」ニコルはフレーザーの腕を振りはらうとすかさず握りこぶしでなぐり掛かった。

「やめろ！」ひらりと身をかわすとフレーザーはニコルの後ろに回った。そして、振り向いたニコルのみぞおちに頭突きを一発見舞った。ニコルはバランスを失ってぬれたデッキにかがみ込んだ。ウィリアムもうなり声をあげた。次の瞬間、フレーザーはニコルの体を消防士のように軽々と肩の上にかつぎ上げた。

「下ろしてよ！　下ろしてったら！」ニコルはわめきちらした。

フレーザーは耳も貸さずにニコルのお尻をぴしゃりとたたいた。

「殺すわよ！」ニコルはまっ赤になってののしった。

「やれるもんならやってごらん」フレーザーは涼しい顔でニコルをかついで自分のヨットの方へ歩きだした。

「覚えてらっしゃい、後できっと泣きをみるわよ！」

「黙れ！」フレーザーはそう言うとニコルの体をヨットに放《ほう》り込んだ。

目を回してやっとのことで立ち上がると、ウィリアムのヨットが遠ざかっていくのが見えた。ウィリアムはぽかんと口を開けてこちらを見ている。しかしぬかりなくフレーザーとの間に安全な距離を置いていた。

「どうやらきみのお相手は行ってしまうようだね」フレーザーがばかにしたように言った。

こうなったらミコノスへはフレーザーと戻るしかほかに方法はなかった。

「おとなしくなったところをみると、事態がのみ込めたようだな」フレーザーは出航のしたくを始めていた。

ニコルはむっとしながら腰を下ろした。さっきデッキでぬれたジーンズが冷たかった。

「言っときますけど、私はここへメラニーの身に何が起きたか調べにきたのよ。帰るまでにはきっと真実を突き止めてみせるわ」

ヨットが流され始めた。風がうなり声をあげながら白い帆にぶつかってくる。ばたばたとはためく帆の音で自分の話す声すら聞きとれない。ざばっと水しぶきがあがりニコルの目に海水が飛び込んできた。おまけに乱れた髪が顔にかかってニコルの視力をさまたげる。

「今夜は嵐《あらし》だ」マストのわきでバランスを取りながらフレーザーは空を見上げて言った。

「もう巻き込まれてるわ」そのとき急に帆桁《ブーム》が揺れて、フレーザーは身をかわした。ヨットがリニア島の方へ流されかけた。

「舵《かじ》をしっかり！」フレーザーがどなった。

それからしばらくの間ふたりは、ミコノスの航路を取るのに精いっぱいで口をきくどころの騒ぎではなかった。ヨットは荒れ狂う海面をジグザグに進んでいった。ふたりとも必要なときに大声で注意しあう以外は黙々と働いた。黙っていても相手の心がわかる。ふたりの息はぴったりだった。

デロスを出たのはウィリアムのほうが先だったが、ミコノスに着いたのはふたりのほうがずっと早かった。それでも海が静かなときに比べるとかなりの時間がかかっていた。振り返ってみると、ウィリアムのヨットはデロスとミコノスのまん中あたりでまだ悪戦苦闘している。

「あの人大丈夫かしら？」ニコルが心配して言うとフレーザーは目の上に手をかざしてウ

イリアムのヨットの方を見た。

「まあなんとかするだろう。このあたりの潮の流れは知ってるはずだし、もうじき島の陰にはいる。そうすれば風もおさまるさ」フレーザーは埠頭《ふとう》に上がるニコルに手を貸すと、自分も後からヨットを降りた。アドニがにこにことあいさつした。「ありがとう、アドニ」フレーザーはアドニの肩をぽんとたたくとコインを数個彼に渡した。

ニコルが先に歩きだすと、フレーザーが急いで追いかけてきた。「今のお金はなんのためなの？ アドニだったのね、私がウィリアムとデロスへ行ったのを言いつけたのは……」ニコルはフレーザーにくってかかった。

「アドニはぼくの友だちだからね」フレーザーは平然と言うと声を落とした。「ニコル、みんながこっちを見てるじゃないか。いつまでつんつんしてるんだい？ 楽しそうに笑わなきゃ、家へ着いたらひどい目に遭うぞ！」高飛車な言いかたにニコルはむっとしたが、ひじを痛いほどつかまれていたので仕方なく笑ってみせた。フレーザーは満足そうにうなずいた。

すれ違うたびにフレーザーは笑顔で島の人々に話し掛ける。彼らも一様に笑ってあいさつを返すが、すれ違いざま誰もがニコルをうさんくさそうに見た。フレーザーの言ったように、さっきからじっとこちらを見ていたに違いない。家に着かないうちに大粒の雨が降りだした。あと百メートルほどだ。ふたりは必死で走った。中庭の軒下にたどり着いたときには、ニコルの髪はすっかりぬれて、地肌にぺったりとはりついていた。

やっとの思いで家の中へはいると、フレーザーはドアを閉めた。外では激しい風が雨をドアにたたきつけている。うす暗い廊下でフレーザーが急にニコルの前に立ちはだかった。

「デロスに行くのはぼくが連れていくまで待てと言ったはずだが……？」

「あなたはいつから私に命令するようになったの？　私、階上《うえ》へ行って乾いた服に着替えてきます」ニコルは顔にはりついた髪をかき上げながら言い返した。意外にもフレーザーはすんなりと道をゆずってくれた。しかし階段の途中まできたときフレーザーが急にどなった。

「そんなことは後回しだ！」一瞬どきんとして立ち止まったが、ニコルは無視して足を進めた。振り向いて言ってやりたいことはこちらだって山ほどある。でもそれこそ後回しでいい。時間を稼いで明日ここを発《た》つまでにフレーザーの胸をえぐるような言葉を見つけておこう。

部屋へ戻ると、ニコルは動かせる家具を総動員してドアにバリケードを築いた。これでひと安心。ぬれた服を脱いで、ゆったりとした気分でシャワーを浴びる。ことさら急いで服を着る必要はなかった。やがてニコルがクリーム色のプリーツスカートにえりの開いたピンクのセーターを着たときには部屋はすっかり暗くなっていた。窓の外では嵐が吹き荒れている。雲が低く垂れこめているところを見ると、当分嵐はやみそうにない。この分だと一日二日ミコノスに足止めされそうな雲行きだ。

メラニーの死の謎《なぞ》はまだ完全に解けてはいなかった。不明な点を残したままでイギリスへ帰ることになりそうだ。しかし、ニコルは急にそれらを追究する意欲を失い始めていた。

結局のところ、いつのまにか自分はフレーザーがメラニーにしたことにではなくて、自分に対してしたことに復讐しようとしていることに気づいた。フレーザーが言ったように、今さら過去をひっくり返してみたところで、罪のない人に泥をかぶせるだけにすぎないのかもしれない。

イレーナ、夫のパブロス、そしてヨルゴス・ブルラミス。三人を知った今では、彼らが故意にメラニーを死に追いやったとはどうしても思えない。なんらかのかかわりがあることだけは確かでも彼らに直接の罪がなければ、いったい誰を責めればいいのか、しかも何を責めようというのだろう。メラニーはもう帰ってはこない。今さら真相を明かしてみたところで、いったい何になるのだろうか……もう何も知りたくはない。

ニコルはバリケードを片づけると台所へ下りた。フレーザーはブランデーのグラスを片手に窓際で雨を見ていた。部屋には一見、嵐が吹きまくる暗い外とは別世界のような静けさが満ちていた。

「きみも一杯きゅっとやったら？」振り向いたフレーザーの目は冷たかった。

「気つけ薬？」

「ああ、そうだ」フレーザーは自分の酒をひと口すると、部屋の向こうからブランデーの瓶とグラスを取ってきた。ニコルは自分のグラスにほんの少しブランデーを注ぐと、立ったまま口に含んだ。体の中を温かさがじいんと伝わっていく。

「きみにはこのままそっとしておく気はないんだろう?」フレーザーが唐突に言った。

「有能な探偵ともなれば無理もないな……。しかし次から次へと自分に関係のないことに首を突っ込んでは他人《ひと》が忘れたがっていることを思い出させたりして、いったいどういう神経なんだ。まだ信じられないのかい? あれは不慮の事故なんだ。メラニーがみずから招いた事故だったんだ」フレーザーはなかばさげすむように言った。

「それならどうしてことの顛末《てんまつ》を話してはくださらないの?」ニコルは反撃に出た。

フレーザーはグラスを置くと部屋の向こうまで行って、髪の毛をかきむしりながらすぐまた戻ってきた。「きみに話せば隠しておきたいことがわかってしまう。そんなことを人が喜んで話すとでも思っているのかい、きみは?」ブルーの瞳が怒りに燃えている。「もういいかげん察しがついてもよさそうなものだ」

「だいたいわかってきたわ。ヨルゴスがメラニーに冷たくし始めたからじゃない? メラニーがその晩デロスへ行ったのはヨルゴスに会うためだったんでしょう?」フレーザーの顔をうかがったが、まったくの無表情で何も読み取ることはできない。「おっしゃるとおり事故は事故だったんでしょう? メラニーが溺《おぼ》れたのを見てヨルゴスはあわててここへ知らせに来たに違いないわ。でもメラニーが死んでしまったので、彼女がデロスへ来た理由を白状する必要がなくなった。話せばスキャンダルになってヨルゴスは職を失いますものね。そればかりかフィアンセだって……。そこであなたはヨルゴスに口止めをしてデロスに帰した。そしてメラニーの死体が上がると驚いてみせたんだわ。しかもデロスへ行った理由もメラニーが夜ひとりで泳いでいたわけもまったく思いつかないと言ったのよ。あなたにはアリバイがあって、誰もあなたの言葉を疑わなかった。あなたは信用されているからそれも当然ね。警察も単なる事故死で処理したんだわ、そのほうがずっとらくに決まっているもの」

「ヨルゴスには罪はない。追いかけ回したのはメラニーのほうだ。ヨルゴスもメラニーも退屈していたし、メラニーにはぼくへの腹いせもあった。午後になると漁師にたのんでデロスで降ろしてもらってはひと晩じゅうそこにいたりした。ビーチで寝たり、月影の中で泳いだり。それがいつのまにか彼女の日課になっていったんだ」フレーザーは苦々しげに言った。

「ずいぶんとロマンティックなことね」ニコルは口では皮肉ったものの寂しいビーチで月の光を浴びながら泳ぐメラニーの姿を思い浮かべると心が痛んだ。

「ヨルゴスのほうはフィアンセに知られるのを恐れて、メラニーと別れたがっていた。そしてあの晩、意を決して別れ話を切り出したんだ。ひどい言い合いになったそうだ。ヨルゴスは荒れ狂うメラニーにかまわずさっさと、彼女をミコノスへ送り返そうとした。しかしメラニーはだだをこねてヨットに乗ろうとはしなかったそうだ。それぱかりかヨルゴスが引っぱってでも乗せようとしたときにはもう沖に向かって泳ぎだしていた。ヒステリックに、よく前も見ずに泳いでいたに違いない。ヨルゴスはあわてて助けに行ったがメラニーの姿はもうどこにもなかった。彼女の死を悟ったヨルゴスはすぐさまここへやってきてぼくをたたき起こした。話を聞いて、ぼくは彼に口止めをした。何も知らないふりをするように言ったんだ。事実を公にしたところで誰の得にもならないことはわかりきっていたからね。そして、次の朝ぼくが警察に連絡した。メラニーが帰ってこないと言ったら警察はごていねいに驚いたふりをしてみせたよ。メラニーがいつもほかの男たちと一緒だったことは彼らも知っていたんだよ。やがてミコノスの海岸にメラニーの死体が上がった。しかし服がデロスの海岸にあったために多少不審には思ったようだが、見たところ事故死だし、殺人を犯すような人間も見あたらなくて、結局警察は事故死と断定したんだ」フレーザーは静かに語り終えた。

ニコルはフレーザーを信じた。今の落ち着いた声は間違いなく真実を語る声だった。

「最後にもう一つだけきいてもいいかしら？　どうしてもっと早く話してくださらなかったの？　イレーナに口止めされていたのよね、そうなんでしょう？」ニコルはフレーザーにつめ寄った。

フレーザーは悠然とうなずいた。「ブルラミス家にしてみればよそ者にヨルゴスのことを知られたくないのは当然だ」

「あら、知られたくない秘密があるのはイレーナのほうじゃなくて？　あなたは彼女のことで私にうそをついたわね」

フレーザーはニコルの顔をまじまじと見つめ返した。

「いったいなんのことだ」

「あなたとイレーナのことよ！」

「イレーナとぼくの？」

「フレーザー、しらばっくれたって私、知ってるのよ」

「何をだい？　きみはいったい何を知っていると言うんだい。何かあるとしたら、それは妄想だ」

「妄想なんかじゃないわ。本当に知ってるのよ。あなたがイレーナと関係してるってこと！　だからあなたは私に本当のことを言わなかったんだわ。しかも私を誘惑してヨルゴスから目をそらせようとしたのよ！」

「きみは賢いって言ったことがあったけど、その言葉は今ここで撤回するよ。ニコル、きみはばかだ。今まで会った女の中できみが一番おろかだ。いったいどうしてそんな変なことを考えたんだい？」ニコルをにらみつけたブルーの目には怒りが煮えたぎっていた。

「聞いたのよ」

「聞いた?」

「電話を」ニコルは鋭く言った。

「電話?」フレーザーはぽかんとした顔でニコルを見た。

「昨日の夜、あなたが電話してるのを聞いたのよ」

「昨日の夜……電話してるのを?」フレーザーはゆっくりとニコルの言葉を繰り返した。

「いいかげんにして! さっきからおうむみたいに繰り返してばかりいて!」フレーザーがそうやって時間を稼ごうとしているぐらいニコルにはとっくにお見通しだった。どんな甘い言葉を思いついたって、今の私には通用しないわ!

フレーザーが不意につかつかとニコルに近づいた。ニコルはとっさにフレーザーに飛びかかった。それは柔道の心得などではなく、脅えた猫のようにやみくもに飛びついてしまったのだ。さっきから頭の中がかっかして冷静に対処するゆとりなどニコルにはなかった。そしてフレーザーになぐりかかるひまもなくニコルは強い腕の中で身動きできなくなっていた。

「さわらないで! 大嫌いよ、あ……」わめき始めたニコルの口をフレーザーの口がふさいだ。乱暴な口づけだ。そこには愛などただのひとかけらも感じられない。ただニコルを辱めようとしているだけのように思える。ニコルは必死でもがいた。しかしフレーザーの腕から逃れることはできそうになかった。それどころかいつのまにか燃えだした情熱で体ばかりか頭もいうことをきかなくなっていた。

フレーザーが唇を離した。息づかいが荒い。「きみに会うたびに、どうしていつもけんかしなくちゃならないんだ?」

ニコルは震えながら目を開けた。フレーザーの胸の鼓動が伝わってくる……。この男《ひと》はそのブルーの目の奥で何を考えているのだろう。いったいどういう人間なのだろうか……? 私をだまし、もてあそんで傷つけた男。それなのに私はどうしてこうも心惹《ひ》かれなければならないのかしら……。

「愛してるよ」フレーザーがのどの奥からしぼり出すような低い声でささやいた。

「うそ!」ニコルはぞくっと身震いをした。本当であって欲しかった。しかしうそだというのはわかっていた。

「本当だよ、おばかさん」

フレーザーは片手でニコルの頭を優しく支えながら再び唇を重ねてきた。フレーザーの指がニコルの美しい髪の中をすべっていく。電気のような快感が体を走り抜け、ニコルにはもはや逃げ出す気力などなかった。もう二度と会えない。二度とキスすることもないんだわ。まもなく去っていく自分を思うとニコルは夢中で彼にしがみついた。

「イレーナにはキスしたこともないよ。ニコル、昨日の電話を聞いて何を想像したか知らないが、やましい関係なんか何もないんだ」

「あなたはイレーナに、私のほうはうまく片づいたって言ってたわ……。そしてもう問題はないって！」

「ぼくが？」フレーザーは眉をしかめた。「しかしもしそう言ったとしても、それがどうしてぼくとイレーナとがそういう仲だってことになるんだい」

「ふたりでぐるになってたんだわ……ふたりで」ニコルは言葉をのんだ。

「ふたりでなんだい？　何をしようとしてたって？　ぼくはイレーナとパブロスに、メラニーの死にまつわるスキャンダルにヨルゴスを巻き込まないって約束しただけだ」

「私をおとなしくさせるには誘惑したらいいって言ったのは彼女なんでしょう？」

「そのとおりだ！」フレーザーは険しい顔で言った。

「やっぱり……」ニコルの目に涙が浮かんだ。

「きみはぼくがどうやってきみの口をふさごうとしたと思ってるんだ」フレーザーは妙に静かな声で言った。「結婚かい？　ぼくがイレーナに電話で言ったのは、ぼくはきみと結婚するつもりだってことだ。うそだと思うなら電話してきいてごらん！」

　ニコルはおずおずとフレーザーを見上げた。「あなたが笑って〝そうだ。頭がいいね〟っていうのを聞いたわ……」ニコルは真実を確かめようとしてフレーザーの目をのぞき込んだ。

「なんだって?」フレーザーはあきれたように深いため息をついた。「あれはね、彼女にもう問題はなくなったって言ったんだ。ぼくが説明する前に彼女がこっちの状況を察して笑ったんだよ。ぼくがきみを愛してるのを知ってたからね、何があったかぐらいすぐ察しがついたんだろう。だから〝そのとおり。頭がいいね〟って言ったまでさ。そしてきみと話し合いがつきしだいすぐに結婚したいって伝えたんだよ」

「うそよ、そんなの……またうそをついてるんだわ」ニコルは戸惑って首を振った。

「ぼくは初めて会ったときからきみのことを愛している。あのマレイグの町できみを見た瞬間から、きみこそぼくが求めていた女性だと思った。しかし、あのころはどこか幼さが残っている清純なおとめだったから、結婚しようたってできやしないじゃないか……。メラニーとの結婚はぼくにとって長い悪夢だった。きみに再会するまではすべて胸にしまっておくつもりだった。でもこうして現れたきみは依然としてぼくの理想の女性だった。しかも今度は一人前の女性になっていた。きみをベッドに連れていったのは、ホテル・デロスできみを見てからずっときみが欲しかったからにほかならない。きみに再会したとたん、以前にも増してぼくの心はきみでいっぱいになってしまったんだよ」フレーザーは言葉を切ると、苦しそうに息をついだ。「きみみたいな女に夢中になるなんて、まったくぼくはばかな男だ……」暗い目をしてつぶやいた。

ニコルの胸がずきりと痛んだ。彼の言葉にうそはなかった。それにしても彼のその打ち沈んだ目……。自分を愛していてくれたフレーザーを私は二度までも遠ざけようとしている。しかも今回はメラニーのせいでなく、自分自身のおろかさで……。「フレーザー?」ニコルは自分の気持を伝えたかった。自分のおろかさを詫《わ》びフレーザーに許しを請うた。

フレーザーは無表情にニコルの話にじっと耳を傾けていたが、急にくるりと背を向けると部屋を出ていってしまった。

フレーザーが階段を駆け上がっていく。ニコルは胸が凍る思いで茫然《ぼうぜん》と立ち尽くした。寝室のドアがばたんと閉まる。悲しさと惨めさでニコルの目から涙がとめどなくあふれた。しんとした家の中には窓に吹きつける雨音だけが寂しく響いた。

階上でフレーザーの動く気配がする。まもなく階段を下りてくる足音が聞こえた。ニコルはあわてて涙でぬれた顔をぬぐった。

「どこへやった?」台所へ飛び込んで来るなりフレーザーがどなった。

「どこって何を?」ニコルはおどおどして尋ねた。

「アルバムだよ」

「ああ」ニコルはまっ赤になった。フレーザーはニコルから目を離そうとしなかった。

「すみません」ニコルはうつむいて言った。「メラニーのことが何かわかるかと思って……お部屋に勝手にはいり込んだりしてごめんなさい……」

「見たんだね?」フレーザーは妙に落ち着いている。

「いいえ、まだ。チャンスがなくて……」

「持っておいで」フレーザーが言った。

「は、はい、すぐに。ごめんなさい、本当に」ニコルは戸口に向かった。フレーザーが急に遠くて冷たい存在に感じられた。

重い足を引きずるようにして二階へ上がるとマットレスの下からアルバムを引っぱり出す。台所へ戻るとフレーザーは雨に洗われた窓から夜の闇《やみ》を見つめていた。その後ろ姿を見ながら、ニコルは心の中で彼をなだめる言葉を探していた。

フレーザーはくるりと振り向くと黙ってニコルからアルバムを取り上げた。「階上で見たかい?」ニコルをじっと見つめてきいた。

ニコルは首を振った。メラニーの写真など見たくない。メラニーはもう帰ってはこないのだもの。過去のことはそっとしておきたい心境だった。

フレーザーがテーブルの上にアルバムを無造作に置いた。「さあ、見るんだ」

ニコルはアルバムに目を落とした。体が震えている。「私、見たくないわ……」

「きみがいやがるものなんか見せやしないよ。さあ、さっさと見るんだ!」あまりの勢いにのまれたニコルは観念して震える指でアルバムを開いた。するとどうだろう。それはニコルの写真ではないか。

ニコルは体がこわばるのを感じた。長いブロンドに包まれた八年前の無邪気な自分の顔が笑っている。長い足はこんがりと日焼けして、目はまっすぐこちらを見ていた。

フレーザーの息づかいが背後に聞こえた。ニコルはページをめくった。そこにあったのもニコルの写真だった。ヨットに乗っている。サムのヨットでライフジャケットを着てロープを引っぱって笑っている。次のページにも埠頭でポテトチップスをかじっているジーンズ姿の自分がいた。ショートパンツにTシャツ姿で船べりで青い海面についた航跡に見入ってる写真もある……。どのページを繰っても、そこにいたのは十九歳のニコルばかりだった。一枚ずつ見ていくうちに、当時のことが鮮明によみがえってきた。そのときニコルの心をうれしさと悲しさが駆け抜けた。ニコルはアルバムを閉じた。振り向くとフレーザーが無表情にニコルを見つめていた。

ニコルは何を言っていいのかわからずじっとしていた。うっかりしたことを言って、フレーザーを永遠に失うのが怖かった。

「この家にはもうメラニーのものは何も残ってやしない」フレーザーの声は妙に落ち着きはらっていた。「そしてぼくの中にも。ニコル、きみだけだよ、ぼくをこんな気持にさせたのは……」言葉を切ったフレーザーにニコルはためらいがちに手を差し出した。目がひとりでにうるんでくる。

フレーザーがゆっくりとニコルの手を取った。張りつめていた空気が一瞬のうちに和らいでいく。フレーザーに寄り添うニコル。フレーザーの厚い胸に抱かれながらニコルは疑いや恐れがうそのように消えていくのを感じた。

「愛してるよ、ニコル。心からきみを愛してる」

「フレーザー、私もあなたを愛しているわ」

固く抱き合ったふたりにもう言葉はいらなかった。

●本書は、1985年11月に小社より刊行された作品を文庫化したものです。

愛のアルバム
2025年4月15日発行　第1刷

著　　者／シャーロット・ラム
訳　　者／常藤可子（つねふじ　よしこ）

発 行 人／鈴木幸辰
発 行 所／株式会社ハーパーコリンズ・ジャパン
東京都千代田区大手町1-5-1
電話／04-2951-2000（注文）
0570-008091（読者サービス係）

印刷・製本／中央精版印刷株式会社

表紙写真／© Vlad Teodor | Dreamstime.com

ISBN978-4-596-72819-7

4月11日発売

ハーレクイン・シリーズ 4月20日刊

ハーレクイン・ロマンス

愛の激しさを知る

十年後の愛しい天使に捧ぐ　アニー・ウエスト／柚野木　菫 訳

ウエイトレスの言えない秘密　キャロル・マリネッリ／上田なつき 訳

星屑のシンデレラ　シャンテル・ショー／茅野久枝 訳
《伝説の名作選》

運命の甘美ないたずら　ルーシー・モンロー／青海まこ 訳
《伝説の名作選》

ハーレクイン・イマージュ

ピュアな思いに満たされる

代理母が授かった小さな命　エミリー・マッケイ／中野　恵 訳

愛しい人の二つの顔　ミランダ・リー／片山真紀 訳
《至福の名作選》

ハーレクイン・マスターピース

世界に愛された作家たち
～永久不滅の銘作コレクション～

いばらの恋　ベティ・ニールズ／深山　咲 訳
《ベティ・ニールズ・コレクション》

ハーレクイン・プレゼンツ作家シリーズ別冊

魅惑のテーマが光る極上セレクション

王子と間に合わせの妻　リン・グレアム／朝戸まり 訳
《リン・グレアム・ベスト・セレクション》

ハーレクイン・スペシャル・アンソロジー

小さな愛のドラマを花束にして…

春色のシンデレラ　ベティ・ニールズ他／結城玲子他 訳
《スター作家傑作選》